…庫

三千円の使いかた

原田ひ香

中央公論新社

目次

三千円の使いかた

第1話　三千円の使いかた

人は三千円の使い方で人生が決まるよ、と祖母は言った。

え？　三千円？　何言っているの？

中学生だった御厨美帆は、読んでいた本から顔を上げた。

「人生が決まるってどういう意味？」

「言葉どおりの意味だよ。三千円くらいの少額のお金で買うもの、選ぶもの、三千円ですることが結局、人生を形作っていく、ということ」

美帆は近所の祖母の家に遊びに来ていて、部屋の隅で膝を抱えて、『アンの愛情』を読んでいた。祖母は食卓でお茶を飲んでいた。

よくわからなかった。

美帆の腑に落ちない顔を見て、祖母はあははは、と笑った。

「例えば、その本はいつ買ったの？」

「お祖母ちゃんからもらったお年玉で」

今年、美帆が祖母からもらったお年玉は三千円。友達と何回かマクドナルドに行って、本を買ったらなくなってしまった。どちらも後悔はしていない。マックはいっぱいおしゃべりできて楽しかったし、『アンの愛情』はもうくり返し三度も読んでる。読むたびに楽しい。だから、無駄遣いをしているつもりはないけど、なぜかお金はすぐになくなってしまう。毎月のお小遣いもそうだ。

「美帆はお小遣い帳つけてないの？」

「だって、お小遣い帳つけるほどもらってないもの」

月々の小遣いは五百円。これまた、友達とマックに行くか、本を買えば終わりだ。時には足りない分を父か母にねだる。

祖母は頭を振った。なるほど美帆らしい、と言うように。

「じゃあ、お姉ちゃんは今年のお年玉、何に使ったんだろうね」

「うーん、なんだっけ？　ママにデパートに連れて行ってもらって、エナメルでできたピンクのお財布買ってたかな。お小遣いを足したんだって」

祖母から高校生の姉へのお年玉も三千円。ピンクのお財布はちょっと大人っぽくてかわいかった。姉はあれを修学旅行に持って行くのだと楽しみにしていた。

「美帆はマックと本、真帆はピンクの財布、二人の性格がよく出ているじゃないか」

「それは、本が好きっていうのと、かわいいものが好きってことで、性格とは違う」

美帆は言い返したけど、お祖母ちゃんは今にわかるよ、とつぶやいただけだった。

ぴんとこなかったし、あまり同意できなかった。美帆の人生は始まったばかりで、自分の小さな選択がどう人生を変えるのかなんて、まったく見えていなかった。

「お祖母ちゃん、マリラみたい」

「何、それ」

「なんでもない」

美帆はその話をしたひと時をなぜか突然、思い出したのだ。

ティーポットが並ぶ、雑貨屋の棚の前で。思わず、あっと声を上げて、手に持ったポットを落としそうになった。

半年前に一人暮らしを始めてからずっとポットがなくて、ティーバッグで淹(い)れた紅茶を飲んだり、通勤前にコンビニで買ったりしていた。

いろいろ見て回って、ガラスのシンプルなポットにしようかな、と考えていた。ちょうど三千円だった。これならハーブティーを淹れた時、色や中身が見えるし、白を基調にした、自室のインテリアにもよくなじむ。緑茶を淹れてもきれいだ。

五つ年上の姉の真帆がどんなポットを使っているか、思い出してみた。結婚して子供もいる彼女は確か、コーヒー用の琺瑯(ほうろう)のポット。お湯も沸かせて、小さめのヤカンとしても使えるやつだ。節約カリスマ主婦のインスタグラムで見て一目惚(ひとめぼ)れし、少し高かったのを、お金を少しずつ貯めて買った、と言ってたっけ。琺瑯だから傷つけないように、とそれだけは丁寧に洗っていた手つきを思い出す。高いと言っても三千九百八十円。

母、つまり実家は、女友達から誕生日に贈られた、北欧のブランドのティーポット。母とその友達は大学時代から仲がいい。バブル期に青春を送ったからか、女性誌に必ず目を通していて流行(はや)りものやおいしいものに目がない。

祖母が使っているのは、ティーポットが青と白の磁器のロイヤルコペンハーゲン、急須が旅先で買った作家ものの一品。どちらもとても高くて三千円では買えないはずだ。でも、長年使い込んでいるので、日割り計算をすれば一年間三千円を切っているだろう。祖母というと、そのどちらかでお茶を淹れている姿が浮かんでくるくらい、日々の生活にしっくりなじんでいる。

なるほど、確かに、お金の使い方は人を表すのかもしれない。

美帆は手に持っていたガラスのティーポットを棚に戻した。そのものが自分だ、と考え出すと、なんだか本当にそれがふさわしいのかわからなくなった。

壊れそうにもろい、透(す)き通(とお)ったガラスの、それが。


大学を無事卒業して、就職して、一人暮らしをする、というところまでがここ数年間の美帆の目標だった。

会社は西新宿にあるＩＴ関連会社だ。規模は中堅、といったところだろう。この業界の常で少しブラックだし、上司の考え方はわりに若いものの、さらにその上の、会社の中枢をなす社長以下役員はかなりおっさん臭い。創業時は某電話会社の子会社のまた子会社で、十年ほど前に親会社から独立し、名称も変わった。けれど、いまだ政府や公益法人からの注文を受けることもあり、経営は安定している。大学時代はさまざまな業種にあこがれもし、迷いもした。けれど、IT企業らしい活気と同時に、堅実な福利厚生制度を兼ね備えた、この会社が結構気に入った。

就職して一年ほどで、祐天寺に部屋を借りた。

一人暮らしは昔からの夢だった。実家は十条駅から徒歩十分、十条銀座商店街から近い上十条にあったから、いつかは東京の南側に住んでみたかったのだ。

閑静な住宅街、という表現がぴったり合う街で、こちらもとても気に入っている。自転車なら五分くらいで中目黒に行けるし、人気のブルーボトルコーヒーも近い。家賃は管理費込みで九万八千円。少し高いけど、東京の南側ならどこもこんなもんだし、築浅、十畳の1Kのマンションは出物だったと自画自賛している。

つまり美帆は、今の人生にかなり満足していた。

昔から、じっくり夢を見て、やりたいことをちゃんと実現してきたつもりだった。大学も就職も。

小田街絵さんがクビになるまでは。

街絵さんは四十四歳。新入社員だった美帆の教育係だった。

すごく優秀な人で、仕事ができた。そういう人にありがちなばりばりしたタイプでなく、優しくおっとりした乙女が大人になったような人だった。

実際、なかなかのお嬢様だった。一度、杉並区のお宅にお呼ばれしたことがあるが、高い塀のある、鬱蒼と庭木の茂った古いお屋敷で、お母さんと二人で住んでいた。ぶーっと鳴る、古めかしいベルを押すと、街絵さんと小柄なお母さんがそろって迎えてくれた。

お母さんは当時にしてはめずらしく、三十五を過ぎてから街絵さんを産んだそうで、もうかなりお歳を召した方だった。

「古いばっかりで困ってしまうのよ」

すごいおうちですねえ、と美帆が感心すると、街絵さんは謙遜でなくて、本当に参っているという表情で言った。彼女は会社でもよく着ている、茶色のチェックのブラウス、茶色のカーディガン、茶色のスカートという服装だった。会議や来客の時には、これに紺色のジャケットを羽織る。このスタイルは街絵さんが入社してからずっと、ほぼ変わっていないと聞いた。確かに、驚くほど流行と関係がない。

「うちは私が一人っ子で、父が早くに他界したでしょ」

街絵さんがこの家でお母さんと二人、手を携えて生きてきたのだろう、ということは一目でわかった。

白いカバーのかかったソファのある客間に通された。

「お母様、こちら、美帆さんからいただきましたの」

「あらまあ。申し訳ないこと」

キッチンから、美帆が中目黒で買ってきた、有名店のチーズケーキについて話す密(ひそ)やかな声がして、街絵さんは本当にお嬢様なんだなあ、と思った。

「お持たせをお出しするのは恥ずかしいけど、せっかくだからいただきましょうか」

美帆は思わず、「おかまいなく！」と叫んでしまった。実家がある十条でも、よく人の家にお呼ばれしたが、気を遣われたら「いいのいいの、おかまいなく」と言うのが礼儀だと思っていたからだ。つい大声を出してしまって、場違いだったかもしれない。少し恥ずかしくなった。

二人はクスクス笑いながら、お茶を運んできてくれた。小さなバラの花の描かれた国産の古いティーカップで、脇には美帆の買ってきたケーキと、おかきがそえられていた。

「そのおかきは母の手作りなの」

街絵さんは少し頬を赤く染めて言った。

「お正月の鏡餅(かがみもち)を干したんですの」

同じように赤い頬のお母さんが説明した。

「昔からお願いしている和菓子屋さんがね、大きなお餅を毎年用意してしまうの。街絵と二人では食べきれないのだけど、なかなか小さくしてって言い出せないのね」

「昔からのお付き合いだから」

街絵さんも言い添える。

「それをおやつにご用意していたんだけど」

「美帆さんからこんな素敵なもの、いただいて。お恥ずかしい」

「そんな。おいしいです！」

軽く砂糖をまぶしたおかきは、初めてなのに懐かしい味がした。油ものなのに、まったくしつこくない。いい油で丁寧に揚げてあるのだろう。

「あたしったら、お客様がいらっしゃるとなんとかの一つ覚えで同じものばかりお出しして」

「うちの祖母も白菜漬けが上手で。いつも人にあげたくて、うずうずしているんです」

「あらまあ。うらやましい。あたしは、お漬け物はからっきしで」

また、おほほほと顔を寄せて笑っている二人を見ていると、会社で街絵さんを「処女か、否か」と噂（うわさ）している男性社員たちを、全員まとめて串刺しにしてやりたくなった。

街絵さんは頼りにされていたし、かわいがられてもいたが、そういう揶揄（やゆ）の対象にもなっていた。

その街絵さんが今年の春、軽い脳梗塞で倒れた。幸い、自宅にいる時ですぐに病院に運ばれ、一ヶ月ほどの入院とリハビリで会社に復帰できた。最初は軽く足を引きずっていたけれど、数ヶ月でほとんど目立たなくなった。それでもしばらく、街絵さんは残業を免除された。ゆっくり休んでください、と上司も同僚も美帆自身も声をかけた。街絵さんは皆に感謝しながら、リハビリを続けた。

いい会社だな、と美帆は感動した。皆、優しい人ばかり、やっぱり私の目に狂いはなかった、と心温まる思いがした。

しかし、秋になって会社が大規模なリストラ策を打ち出した時、真っ先に名前が挙がったのが街絵さんだった。そしてすぐに辞めることになった。

街絵さんがいなくなってから、美帆は自分がどこかおかしいことに気がついた。仕事をしている時、お弁当を食べている時、会議をしている時、ふっと街絵さんにつながることを思い出してしまう。

街絵さんの言葉、街絵さんの教え、街絵さんの表情、街絵さんの笑い声。

あの古い家で、今、上品で小さなお母さんとどんな日常を送っているのか、と思うと心がふさがる。

街絵さんがリストラされたのは、病気をして労働時間が少なく査定が低くなってしまったこと、独身で子供もなく、お母様の名義だが、大きな家を持っているということで「リストラしやすい」と思われたこと（街絵さんが杉並区のお嬢様だということは誰もが知っていた）、なんの役職にもついていないものの大卒で長く勤めているので給料が高かったこと……などが原因のようだった。

でも、どんな人間であれ、会社を辞めさせやすいなんてことがあるだろうか。

街絵さんのお母さんは、あの時はお元気だったものの、そろそろ介護が必要になってもおかしくない歳だった。四十を過ぎた街絵さんが転職するのがむずかしいことは誰もがわかっている。

街絵さんがいなくなった次の日、まだ美帆の席の向かいに置かれている、空の机を見て、なんだか足下がぐらぐらするような、自分の自信や安心につながっていたことがなくなってしまったような、すべてが不確かな気がした。

課長も係長も同僚も、休み時間にはゴルフのスイングの真似をしながら、あははと笑ったりしている。あの人たちには変わらぬ日々が流れているんだな、街絵さんのことなんてなんとも感じてないんだな、と美帆は思った。

私はこんなにがっくりきているのに！

とはいえ、美帆に何かできることがあるか、と尋ねられたら黙り込むしかない。

街絵さんがリストラ要員として選ばれた時、「私が代わりに」とはさすがに言い出せなかった。若い自分ならきっと、すぐにとはいかなくても、街絵さんよりは楽に次の仕事が見つかるだろうとわかっていても。

そして、自分にそんなことを考えさせる会社を恨んだ。

師走に入って、忘年会の時期になった。

もちろん、美帆の会社でも忘年会は毎年開催される。部長以下、二百名あまりが集まる一次会とその後の各課で行われる二次会が主な催しで、どちらも新入社員もしくはそれに準ずる若手社員が幹事となる。だからこの時期、二十代前半の社員は年末の忙しさと、忘年会の準備で文字通り「死にそうな」目にあう。

美帆も昨年は本当に大変だった。しかし、それがなんとかこなせたのは、街絵さんのおかげだった。

忘年会の相談に乗ってくれる先輩は街絵さんだけだった。毎年、慣れない大規模なイベントの準備をする部内の新入社員を陰日向になって支え、求められればアドバイスし、最後にはミスのないようにチェックしてくれていたそうだ。

そうした一連のことを思い出していると、ふっと涙ぐむくらい懐かしく、準備の手も止まりがちになるほどだった。もしも、昨年、街絵さんに手伝ってもらえなかったら、きっと自分は無事やり通せなかったに違いない。いろいろなことを教えてもらえてよかった、と心から感謝した。そして、自分もできるだけ後輩の相談に乗った。

忘年会当日、一次会はなんとかつつがなく終わり、二次会のカラオケ店に移動した。美帆の課のメンバー一同が入ることのできる、大型のカラオケボックスを予約していた。本当は歌いたいくせに、なかなか始めない上司たちを景気付けるため、美帆は一曲目にデュエット曲を入れ、係長と歌って先導した。

その後、皆が競うように歌い始めて、やれやれと美帆は部屋の片隅に腰を下ろした。一次会でも上司の水割りを作ったり、鍋料理の面倒を見たりして、ほとんど何も食べていない。ほっとして、冷めたピザやポテトを口に入れた時、下卑(げび)た声が耳に入ってきた。

「で？　結局、南山(みなみやま)部長は彼女とヤってたんですかあ？」

話の全容は聞き取れなかった。けれど、両手で耳をふさぎたくなるほど下品な口調で、誰かを揶揄した言葉だとすぐにわかった。

「ヤるわけないでしょ。少なくとも部長はそう言っていたよ。さすがに部長もそこまで落ちぶれてないよ」

くくく、と抑えた笑い声がする。そっとそちらに目をやると、グループの中の、五、六人の上司たちが部屋の隅に集まってひそひそと額を突き合わせている。

当の南山部長は気持ちよさそうにカラオケを歌っている。それを見ながら、酒の肴(さかな)に噂しているらしい。

「じゃあ街絵さんは、いまだに処女なわけ？」

「そうでしょうねえ」

街絵さんの話だ、とわかったとたん、美帆は体中から血の気が引き、指先が冷たくなった。

「なんだ、南山部長の女だって噂だから、こっちも気を遣っていたのに」

「違うから、リストラされる時にも、彼女をかばわなかったんでしょう」

「なるほどねえ」

「もしくは、そういう噂があるからこそ、あえてかばわなかったのか」

「いずれにしろ、それを笠に着て、彼女が我が物顔にここを仕切っていたのは本当だし」

「ああいうふうになってしまうと、なかなか外の世界ではむずかしいだろうなあ」

妙にしみじみと、街絵さんの二つ先輩の、斉藤課長が言った。

「仕事はさ、まあまあできて、上からもちやほやされるから、なんか勘違いしちゃってたんだよね。別の会社や仕事じゃ、同じようにいくはずもないのに」

まるで彼女に同情するかのように言いながら、上から目線で批判している。自分たちがさも真っ当（まとう）であるかのように。

「そう思うとなんだか、彼女も我が社の被害者ですよね」

街絵さんより年下の係長がこれまた、訳知り顔に言う。

自業自得だよ、という誰ともわからない声が聞こえてきた。

美帆はたまらなくなってトイレに立った。急に食べ過ぎたのだろうか。胸が締め付けられるようにむかついて、胃の中のものを全部吐いてしまった。

「なんか虚(むな)しくなっちゃった、いろいろ」

美帆の言葉を聞いて、長谷川大樹(はせがわだいき)は手に持ったカフェオレのカップを下に置いた。

師走になってから恋人の大樹とはお互い忙しくて、ずっと会っていなかった。気がついたら、久しぶりに会った彼に、起こったことや思ったことを洗いざらい話してしまった。

「あんなに会社に尽くしてきた街絵さんだって、あんなふうに言われちゃうんだな、って思ったら、会社で頑張る意味ってなんだろうって」

大樹は目を泳がせ、言葉を選びながら答えてくれた。

「働くこととか、人生の意味なんて考え始めたら誰だって虚しくなるよ、きっと。俺たち若手だけじゃなくて、会社のおじさんたちだってそうじゃないかな」

「そうかな」

「俺たちはさ、皆、そういう小さい人間だってこと。だからさ、おじさんたちだって必死に悪口言ってたんでしょ。不安だから、お互い話を合わせてさ。それを認識するだけでも大切なことじゃないかな。美帆がそういう自分の弱さや小ささを直視できる人間だってことだけでも、俺はすばらしいと思うけど」

そうだ、大樹は昔からこういう人だった。すごく優しくて、慰め方がうまい。見かけによらず精神的に弱くへこみやすい美帆を上手に励ましてくれる。

だから好きになったのだ。

「それに、そのおじさんたちが言うことも一理あると思う」

「え」

久しぶりに彼の優しさに触れた気になり、じんときたところに、ひやりとした風を感じた。

「美帆の知らないところで、本当に街絵さんにそういう一面があったのかもしれないし」

「そんなことないよ。街絵さんはそんな人と違う。じゃあもしも、大樹が会社でそういう噂話に巻き込まれたらどうするの？」

「まあ、自分から進んでやることはなくても、黙って笑って聞いているかな。噂話って社会の必要悪だろう。特に、会社の出世の本筋に乗ってない女性の悪口なんて、誰も傷つかないし、困らない」

会社の本筋。急に彼の顔がおじさん臭く見えてきた。

「ひどいこと、言うのね」

「いや。そもそも、その人たちが言ったこと、そんなに悪いことだろうか」

また、はったと頬をひっぱたかれたような衝撃を受ける。小さいけど、確実なショック。

「街絵さんって美帆は絶賛するけどさ、彼女の働きって、皆、いわゆる社内の潤滑油的なものだよね。会社の営業の根幹に関わるような仕事で活躍しているって話は聞いたことない。そういうの、本当に仕事ができるって言うんだろうか。うちの会社にも、長くいるだけで、力もないのに威張っている女性がいるんだけど、正直、目障(めざわ)りだと思う。必要ないと思われてもしょうがないよ。昔の……高度成長期とかバブルの頃の会社ならともかく、今の会社にそんな人を飼っておく余裕ってないと思う」

飼っておく……その言葉のチョイスに心が冷える。

「どっちにしても、仕方ないじゃん、美帆ができることなんてないし」

最後のとどめの一言でぴりっと来てしまった。

「じゃあ、大樹は私が働き続けて、街絵さんみたいなことを言われたら、それでもいいって言うの」

「美帆はならないでしょ。いつかは結婚するだろうし、子供とか作って普通に退職するだろうし」

え？　結婚？　いつかは？　どういう意味？

彼が発した一言は、場所や時が違えば、これほどときめいたものはなかったかもしれない。けれど、今は違った。美帆は驚いて彼の顔を見つめたが、それを避けるように目をそらされた。

「そんないいかげんな気持ちで就職したわけじゃないよ。だいたい、今は子供ができてもみんな頑張って働いてる」

大樹ってそんな古い考え方の男だったのか。

「じゃあ、好きなだけ働けばいいし」

妙に突き放されたような気持ちになった。彼の人生と、自分の人生は違う、と言われたような気がして。

美帆の動揺に気づかないまま、大樹は会社にできた、新しいプロジェクトチームについて話し始めた。

年末年始は十条の実家に帰った。

母親から「早く帰ってきて、掃除とおせち作りを手伝って」としつこくメールが来ていたけれど、二十七日の仕事納めの後そのまま大学時代の友人たちとスキーに行って、帰ってきたのは三十日の夜だった。翌日、大晦日の昼頃起き出して、夕方近くに実家に帰った。

「美帆、遅いわよ。何してたの」

ドアを開けると、言葉ほどは怒っていない母親の声と、なぜか、どっと笑う声が聞こえた。理由もなく自分が笑われたような気がした。

「ただいまあ」

それに答えず、挨拶だけする。自分が笑われたことと、手伝いをしていない罪悪感とが混じりあってむっとした。

「もう、美帆ちゃんのすることないよ」

姉の真帆の笑いを含んだ声が聞こえて、その娘、三歳の佐帆が玄関までかけてきた。

「美帆ちゃん、ないよ」

一丁前に口をとがらせて、母親の真似をする。

かわいい姪だし、ほとんど意味もわからず口にしているのは知っているのだけど、今日は妙に心がささくれ立った。

「佐帆、そんなこと言うと、お年玉やらないよ」

美帆ちゃんこわーい、こわい、美帆ちゃん。美帆のにらんだ顔を見ると真帆の元にぱたぱたとかけていった。

そのあとを追って、ダイニングキッチンに入った。祖母、母親、真帆がそろって食卓に座り、テーブルの上にはびっしりと作りかけのおせち料理が並んでいた。

三人が顔を上げると、嫌になるほど似ている。父方の祖母と母は血がつながっていないはずなのに、少し大きめの丸顔とかちんまり小さい唇とか、姉を間に挟むと三つの空豆がさやの中から飛び出したかのようだ。

そして、毎朝鏡の中でげんなりするほど見ている自分の顔も似たようなものだ。

「あんた、大人げない」

母親がさっきの美帆の十倍怖い顔でにらむ。

佐帆は真帆の胸に顔を埋めていた。

「お帰り」

祖母だけがおだやかに迎えてくれた。

「ただいま」

「あんた、帰ってこないんだもん。お掃除も終わっちゃったし、おせちもほとんどできたし」

「だから、スキーに行くって言ってあったでしょ」

「本当に、美帆は昔から食べるだけなんだから。お風呂と雨樋(あまどい)の掃除をやってもらおうと思ってたのに」

「だからあ」

言い返しても無駄だとわかっているから、美帆は言葉を止めて、隣の居間のソファにどさっと腰掛けた。

「座ってないで、一つくらい手伝いなさいよ」

「じゃあ、きんとんに使うサツマイモの裏ごしは？　二色卵の裏ごしやってもいいよ」

どちらも御厨家のおせちに欠かせないもので、料理下手な美帆にもできることだった。

「どちらも終わってます」

美帆からすると、おせち料理というのはやたらと裏ごしばかりさせられる、退屈な仕事というか行事だった。けれど、なぜか、祖母も母も、最近では姉までもがやたら張り切る。

「じゃあ、昆布巻きの、ニシンに昆布を巻いてかんぴょうを結ぶのは？」

「今、お姉ちゃんにやってもらってる」

「筑前煮のこんにゃくをぐるっとねじるのは？」

おせち料理は裏ごしの後、巻いたりねじったりする作業が待っている。

「それは終わった」

「さといもの皮むきは？」

「そんなの昨日のうちに終わってるわよ」

「人参の花切りは？」

「お姉ちゃんがやってくれた」

「黒豆煮るのは？」

「それは最後の仕上げが残ってるけど、美帆ちゃんには任せられない」

そう、黒豆の皮にしわを寄せずに煮ることは、なぜだか、母と祖母の至上命題で、二人は毎年それに命を懸けている。しわを寄せないために、いろいろな方法を試すのだ。

こういう、家族が集まる行事の時、母と祖母はとても仲良く振る舞っている。でも、時々、母が自分の実の母親に方言で電話をしているのを聞いたりすると、やっぱり、義理の母親には気を遣っているんだなと感じることがあった。

美帆たちが祖母を慕っているのをよく知っていて、母は決して、悪口を言ったりはしない。けれど、本当の親子のようか、と言われればそれも違う。

「今年はね、原点に戻って、圧力鍋も使わずに、じっくりことこと砂糖を豆にしみこませる方法にしたのよ。もう、三日前から黒豆を水に浸けて……」

「裏ごししたサツマイモを練って、きんとんにするのは？」

母親に黒豆の話をさせるとしばらく終わらないので、ばっさりと話の腰を折った。

「それは一昨年、美帆ちゃんにやってもらったけど、焦がしたでしょ。もう頼めない。今年は私がやるわ」

「じゃあ、あとは何が残っているの？」

「だから、筑前煮の味付けと五目豆の味付けと車エビと鯛の塩焼き……それと最後にお重に詰める仕事が残ってるけど、どれも美帆ちゃんには頼めないわ」

「じゃあ、することないじゃん」

「帰ってくるのが遅いんだもの」

何を言っても堂々巡りだった。

美帆はソファに、ふてくされて寝っ転がった。

「佐帆と遊んでやってよ」

「いいよお」

美帆は首を回して佐帆の方を見たが、さっきのにらみで機嫌を損ねたのか、いつもはうるさいくらいに寄ってくる彼女は姉にしがみついて離れない。

「美帆は休んでなさい。ずっと働いて、疲れているんだから」

祖母が優しく言ってくれた。

「お祖母ちゃん、みーちゃんにいつも甘い。あたしだって、毎日の家事と育児で疲れているよ」

真帆が大声で抗議しているのを、寝ているふりをして聞き流した。

女三人はすぐにまた、作業とおしゃべりに戻った。

たいして気にしてないのだ。美帆がいようといなかろうと、誰も困らない。おせちはできあがるし、掃除は終わる。もともと、掃除好きな母のおかげで、いつもぴかぴかな家だ。

真帆は、佐帆が幼稚園に行くようになったら働こうと思っているがどこがいいか、と相談をしている。なかなか条件に合うよい仕事がないらしい。夫の給料が安いともこぼしている。

しかし、お金がなくて困ったと言いながら、本当はそれほど姉は困っていないのではないか。本当に食べられないほど困っていたら、どんな仕事でもするだろう。まあ、それがわかっているから祖母も母もふんふんと黙って聞いているのだろうけど。

だいたい、こう言っちゃなんだけど、よくもまあ、月給二十三万の人と結婚して子供まで作ったものだ。義兄の太陽(たいよう)さんは消防士で、こんがり日に焼け歯が白い、なかなかのイケメンである。姉とは高校時代からの付き合いで、就職してすぐに結婚した。姉は短大を卒業した後、駅前の証券会社に勤めていたのにやめてしまった。

自分だったら、年収三百万ちょっとの人と結婚するのはともかく、すぐに子供を作って仕事をやめるなんて考えられない。

いや、なんで今日はこんなに意地悪なことを考えてしまうのだろう。義兄はいい人だし、一応公務員で収入は安定している。佐帆はかわいい。生まれた時には美帆もちょっと泣いてしまったくらい感動した。それなのに。

「おばちゃん、どうしたの。起きてるの？」

いつのまにか、佐帆が寄ってきて美帆の顔をのぞきこんだ。

「おばちゃん、やめなさいっ。美帆ちゃんとお呼びっ」

きゃー、おばちゃん、寝てないよー。きゃっきゃっと笑いながら佐帆が逃げる。まだ三歳なのに、おばちゃんと呼べば美帆が怒ると知っていてからかうのだ。

「こらっ」

美帆はソファから起き上がって佐帆を追いかけた。佐帆は大喜びで、ケラケラ笑いながら家を走り回る。

ふっと美帆は、自分が決してつかみ取れない幸福を追いかけているような気持ちになった。

実家にはいづらくて、結局、二日の午後には「仕事がある」と嘘をついて自宅に戻ってしまった。

祐天寺の駅に着いたら、いつも寄っている、自家製パンの店が開いていた。そこで食パンと、クルミと無花果の入ったパンを買って、マンションに戻った。

自分の部屋のドアを開けると、心からほっとして、長いため息が出た。それが耳に入ってきて、我ながら、びっくりしてしまった。

家を出たばかりの頃はこんなんじゃなかった。

自分から望んだ一人暮らしなのに、夜は怖くて小さな物音におびえ、何度も母親に電話し、週末ごとに実家に帰った。

しかし、気がついたら、大晦日の前は数ヶ月も実家に帰っていなかった。

少し前まで、一人暮らしはしていても、どこか、困った時には実家に帰れるという安心感があった。でも、もう、実家は自分の終の住処ではないのかもしれない。

すぐに風呂を沸かして、お気に入りのバスソルトを入れてゆっくりと温まり、体の隅々まで洗った。

風呂を出て冷蔵庫を開けると、クリスマスに飲んだ赤ワインが残っていた。それをグラスに注ぎ、無花果のパンと一緒に飲んだ。冷え切っていたが、おいしかった。

また、しみじみと胸の奥からため息が出た。クリスマスに大樹が部屋に来た時のワインだった。一本空けきれないほど、盛り上がらなかったのだ。かろうじて一緒に過ごしたが、普通のレストランで食事をして、小さなネックレスをもらって（美帆は彼に一万円ほどの万年筆を贈った）、美帆の部屋に来てネット配信の映画を観ただけだった。

しかし、二日からパン屋が開いていたのにはびっくりした。

それだけ、この街には正月二日からこのパンを必要としている人間が多いということだろう。そして、それは美帆と同じような独り者だったり、実家に帰らない人たちなのだ。

やっぱりこの街が好きだ。パンと赤ワインの味は美帆をなぐさめた。

その問題については以前から知っていた。

NHKで特集番組を観たことがあるし、ツイッターで話題になっているのを目にしたこともある。

けれど実際、見たのは初めてだった。

成人の日の休日に一人で中目黒を散歩していた。

中目黒というのは、一人でいることがあまり様にならない街だ。カップルや友人たちのグループで行動している人間が多い。特に、人気男性アイドルのタレントショップがある目黒川付近のカフェやレストランはそのファンらしい女性で埋め尽くされている。

このところ、大樹も忙しいらしく、年末に会ってからLINEや電話のやりとりだけで、しばらく会っていない。

しかし、そんなことがほとんど気にならないくらい、美帆は冷めていた。

そろそろ終わりなのかもしれない、という予感がこの半年ほど続いている。

仕方ないような気がしていた。違う会社で働いていればお互い価値観も変わるし、立場も変わる。昔は女性が働くことにも理解ある人だったはずだが、あんなことを言うようになったとは。もう、美帆に関心がないということかもしれない。

わん、と小さな鳴き声がした。

ふっとあたりを見回す。するとすかさず、わんわん、と高い鳴き声が続いた。

まるで、ここにボクがいるのを見落とさないで！　と言っているような声だった。

そこは、中目黒駅前の、バスやタクシーが止まっている、ビルの前のエリアだった。

その小さな空間を利用して、食べ物屋の屋台が並んでいる一角に「彼」はいた。

背中の黒いチワワが、小さな目を見開いて美帆を見ている。その横に、表情のおだやかな白い大型犬が並んでいた。

改めてまじまじと見て、保護された犬猫を育てるボランティアのブースだということがわかった。たくさんの犬猫の写真や募金箱が並んでいる。しかし、焼きたてのソーセージや産地直送の野菜が並んでいる店に比べたら圧倒的に地味だ。

けれど、それを補ってあまりあるかわいらしさに目が釘付けになった。思わず、犬たちにかけ寄ってしゃがみ込んでしまった。

「いらっしゃいませー。私たち、保護犬猫のボランティアをしている、シャイン・エンジェルです」

生成色のシャツにカーキ色のパンツ、引っ詰めた髪に帽子をかぶった、優しそうな女性が話しかけてきた。

「この子たちも、保護犬なんですか」

チワワばかりでは不公平になると思い、大型犬もなでてやった。すると、焼き餅を焼くように、チワワがキャンキャンと鳴く。その様子を大型犬が優しげに見守る。

「はい。彼らは今、うちの施設に保護されているんですよ」

「こんな、チワワなんかもいるんですか」

「ええ。保健所にいたのを引き取ったんです」

「何歳ぐらいかしら」

「はっきりはわからないけど、五歳ぐらいかも」

チワワはしゃがんでいる美帆の膝に頭をすりつけてきた。

「こんなかわいい小さい犬なのに」

保護犬のことは知っていたが、雑種やもっと大きな犬がほとんどかと思っていた。あとは、年寄りで介護が必要な犬とか。とても自分には飼えない、ボランティアの人は立派だと感心していた。

しかし、彼らを見て、心が動いた。こんな元気な子たちなら、自分にも飼えるかもしれない。

「ですよねー。犬、お好きですか」

「子供の頃、飼っていて……」

そこまで言うと、胸が痛んだ。

「今、ペットが飼えるような場所にお住まいですか」

「いえ、賃貸マンションなので」

「それでは、むずかしいですね」

彼女はパンフレットを美帆に渡してくれた。

「ここに他の犬や猫たちも出ています。それから、ホームページに新しい情報が出ていますので、ぜひ、見てください」

「ありがとうございます」

「里親になっていただくためにはいろいろ条件があるんです。でも、それさえクリアできれば、いつでも募集していますので、機会があったらご連絡ください」

「本当にありがとうございます」

最後にチワワを抱かせてもらった。それはびっくりするほど体温が高く、美帆の目をじっと見つめていた。


あの保護犬たちと出会ってから、美帆は彼らのことばかり考えている。

美帆も子供の頃、ミニチュアダックスを飼っていた。名前はピーナッツのピー。子犬の頃、まるで小さなピーナッツのような色と形状をしていたからだ。

犬を飼いたくて、飼いたくて、何度も何度もねだって買ってもらった、宝物のような犬だった。けれど、美帆が中学生になり、ピーが十歳を超えた頃、行方不明になってしまった。

その少し前から予兆のようなものはあった。年老いてボケた……というか、ぼんやりしていることが多くなった。そして、雨の日になぜか家を出て行って、そのまま行方がわからなくなってしまった。

美帆は泣いた。

一生大切にします、世話は全部します、と誓って飼った犬のはずなのに、中学生になってから部活や勉強、友達との付き合いが忙しくなり、世話は親に任せきりだった。

時々それを怒られると、「しょうがないでしょ！　あたしも忙しいんだから！」と怒鳴り返し、ケンカになった。

そんな時、ピーは部屋の片隅から、じっと悲しそうな目でこちらを見ていた。頭のいい犬だったし、自分のことでケンカをしているのがわかってつらかったのか、嫌われていると思ったのか。

今でもあの目を思い出すと、胸が締め付けられる。

一生懸命探したが見つからなかった。あとで、保健所に保護されたらしい、と聞いた。

そして、そこではしばらくの間飼い主を待った後、殺処分されるという残酷な現実も知った。

保健所に探しに行くことを当時まったく思いつかなかった自分を責めた。

ずっと、ピーのことが心残りだった。

その後悔も、保護犬を引き取ったら、少しは晴れるかもしれない。あの時のピーのような存在を助けることができたら。それは美帆の新しい生きがい、生きる目標になるような気がした。

家に帰って、ボランティアのホームページをよく見た。

驚くほどたくさんの犬たちの写真がずらりと並んでいる。さっき見たばかりのチワワの写真もあった。他にも小型犬は何匹もいる。

かわいい犬、より若い犬に目がいってしまう自分に気がつき、浅ましく思った。ホームページを閉じてしまいそうになる。

しかし、考えてみれば、長年飼うのだから、やはりかわいいと思う犬、自分と相性のいい犬の方がいいに決まっている。そう、心で言い訳しながら、ページを見続けた。

そう言えば、さっきの人が「条件がある」と言っていたな、と思い出し、「保護を考えておられる方へ」というページをクリックした。

そこにはさまざまな条件が書いてあった。

まずは、犬猫に予防接種を受けさせること、避妊手術を受けさせること、その費用は全額里親が負担すること。第二にすべての犬猫は室内で飼育すること、またそれが可能な家があること、確認のため、ボランティアが里親の家に犬猫を直接届けること。第三に、里親が飼えなくなった時（病気や死亡など）に必ず引き取ってくれる保証人のサインが必要なこと。

他にもろもろ小さな決まりがあったが、一番大きなものはその三つだった。

なかなか厳しいと思った。しかし、それだけに、団体の強い「愛情」を感じた。

美帆はすぐに自宅近くの「ペット可」のマンションを調べた。

予想できていたことだが、数が少なく、びっくりするほど高い。ほとんどが、今払っている賃料の倍以上だ。

美帆の給料ではとても借りられないとわかった。もしも、無理をして借りたとしても、会社をリストラされたり、給料が下がったりしたら、犬を連れて路頭に迷うことになる。自分一人ならともかく、それでは犬に申し訳ない。安定した保護とは言えない。

ふっと、気がつく。ここに書かれていることは、保護犬だけじゃなく、自分にも必要であることに。飼育できるような「家」、健康な「身体（からだ）」、そしてもちろん「お金」。すべて、保護犬を飼おうと飼うまいと必要なことだ。

実家は「終の住処」でないかもしれないことに気がついてしまった。結婚の予定は今すぐにはない。そして。

少し前まで、会社が美帆のよりどころで、人生の安心材料だった。信頼していた。けれど、街絵さんが退職してから、自分が安定した場所にいるわけではないことを知った。二十代の間はよくても、ほんの少し歳を取れば、ぽいと放り出されるかもしれない場所にいる。

これから、どう生きていったらいいのだろう。

小さな犬たちの写真は無言のうちに、美帆にその「生き方」を問いかけてきている気がした。

今から、もっと安定した仕事に就くことってできるんだろうか。できたら、安定していてお給料のいいところ。

そのための資格を取るには、大学時代からしっかり勉強をしないとむずかしいということはわかる。例えば、医者とか看護師とか、弁護士とか。さすがに、ちょっと現実的ではないと思う。自分がしたい仕事でもない。

結局、小さな「安心」を少しずつ積み重ねていくほかないということか。

美帆はもう一度、たくさんの小型犬の写真を見つめる。

今の自分にできること。

ペット可能なマンションや一軒家を買うことならどうだろう。

若いうちにマンションを買う女性の話なら知っている。しかし、自分には縁のない話だと思っていた。

美帆はおそるおそる、パソコンで別のページを開く。

自分にはとても無理だと思いながら、だとしても、どのくらい「無理」なのかを知らなければならない。

「目黒区　中古　マンション」

検索ワードを入れて、結果を見る。ため息が出た。

「世田谷区　中古　マンション」

これはもう、見るまでもなかった。

「杉並区　中古　マンション」「横浜市　東横線沿線　中古　マンション」「台東区　中古　マンション」「世田谷区　中古　一軒家」……。

深夜の検索は、しらじらと夜が明けるまで続いた。

「で、みーちゃんは一転して、節約モードにはいったわけ？」

翌月の休日のこと。美帆は姉に呼ばれて、彼女が家族と住む、十条のアパートにいた。

「たまにはご飯食べにおいでよ」

そんなメールを何度かもらっていた。お正月に実家でなんとなく気まずく別れたことを、彼女の方も気にしていたのかもしれない。

姉はぽわんとした奥さんに見えるが、そういうところはちゃんと気を遣う人だ。

「今度の日曜日、太陽は出勤でいないから、遊びに来てよ。さびしいから」

そんな「甘え」のふりをしてくるのも、姉らしい。美帆が来やすい状況を作ってくれているのがわかった。再三誘われて、訪ねる気になった。しかし、すぐ近くの実家には寄らない。

姉の2Kの部屋はいつもながらきれいに片づいている。ランチに出してくれた、和風ハンバーグとミートソーススパゲッティというメニューも子供のいる家庭らしく気取っていないが、ハンバーグはジューシーでおいしかった。食後にちゃんと手作りのアップルケーキを出してくれたのにも感心してしまった。

お正月には気まずい空気だったものの、こうしてゆっくりテーブルを囲むと、やはり姉妹だなあと思う。現在、ペットが飼える家を探していること、そのためにお金を貯めようと思っていることをつい話してしまった。

「えー、みーちゃん、家買うの？　しかもマンションじゃなくて一軒家？　すごいじゃん。うちなんて、一生賃貸かもしれないのに」

ご飯を食べると、それまで大騒ぎしていた佐帆は素直に眠ってくれた。そのわずかな時間に二人はひそひそと話した。

「それが、マンションより一軒家が現実的かもしれなくて」

美帆は、スマートフォンの検索画面を見せる。

「今はマンションが人気でしょ？　だから、中古一軒家の方が安いのよ。場所にもよるけど」

「へえ」

「しかもマンションは積立金や管理費がいるじゃない？　それを月々払うことを考えたら、一軒家の方がいいかもって」

「でも、そのぶん、自分で家を管理するのよ。それって結構、お金も手間もかかるみたいよ。お母さんも実家の維持が大変だってよくこぼしてるじゃない」

さすが、主婦は細かいことによく気づく。

「まあね。だけど、こんな物件もあるよ」

美帆は少し郊外の、一千万円台の一軒家を真帆に見せた。

「ここ、庭付きで、一千三百八十万よ。このくらいならいつか買えるかも」

「中古は普通、ローン組むのむずかしいよ」

何から何までよくわかっている人だ、と美帆は意外に豊富な姉の経済知識に改めて感心した。そして、結婚前は証券会社に勤めていたのを思い出した。

「だから、がんばって節約してお金貯めようと思って。二〇三三年には全住宅の三戸に一戸が空き家になるらしいし、もっと安くなるかもしれないでしょ」

するると、姉はにっこり笑ってうなずいてくれた。

「そのくらい、長いスタンスで考えているなら、安心した。本気なんだね」

「当たり前よ」

「一時の考えかと思ってさ。ペットだって、家だって、一生の問題だから。責任があるよ」

「わかってる」

貯金や節約を考え始めたことについて、保護犬はきっかけに過ぎなかったかもしれない。

もともと、街絵さんのことや恋人との不仲から、自分の人生を見つめ直す土壌はできていた。そこに保護犬の存在が火をつけてくれた。

美帆は姉が淹れてくれた二杯目の紅茶を飲んだ。あの素敵な琺瑯のポットを使っていた。

「じゃあ、一千万は貯めないとね」

「え」

「だってローンなしで家を買うんでしょ。そのくらいはまず貯めてみないと」

一千万。確かにそれくらいは必要かもしれない。けれど、これまで直視しないできた数字だった。

「うちだって、一千万が目標だもの、貯金。佐帆の進学もあるしね」

「え。マジで？　お姉ちゃんも考えてたの？　じゃあ、貯金って今……」

思わず、口ごもってしまった。さすがに、姉でも聞きづらい質問だった。いや、姉だからこそ、聞けない、というか。

「あ、ごめん、言いたくなかったら言わなくてもいいし」

「今はまだ六百万ちょっとかな」

真帆はあっさり答えた。

「えー！」

びっくりした。夫は年収三百万で、子供もいて、結婚六年目の姉がそんなに貯めているなんて。

「百万は私が結婚前に貯めた分。太陽はぜんぜん貯金してなかったからね。六百万ちょっとっていうのは、その中の三分の一くらいは投資信託にしてて変動しているから。佐帆が生まれた年にちょっとお金を使ってしまってそれしか貯められなくて」

美帆の驚きを逆の意味だと勘違いしたらしい真帆は慌てたように言い訳した。

「違う、違う、すごい額だなと思って。一年に百万近いでしょ。そんなの、どうやって貯めたの？」

そんなことができれば、一千万は十年で貯まる。あまり大きな声では言えないが、正直、義兄より自分の給料の方がいいことはわかっている。子供も養わなければならない配偶者もいない。

美帆は改めて、テーブルの上を見る。

「本当はいつも豆腐とモヤシしか食べてないとか？　今日は無理してケーキを焼いてくれたとか？」

真帆は、さすがにちょっと得意げに笑った。

「そんなことないよ、いつもこんな感じ。気取った料理は出せないけど、うちは食費、月二万くらいよ」

「えー！」

本日、二度目の驚きだった。

「私、食費、一人なのに三、四万はかかる」

「それは逆に一人だからでしょう。美帆は会社勤めしているから、自炊は大変だよね」

「だけど、どうしたら、そんなに貯められるの？」

美帆はため息が出てしまった。

「実は、節約しようと思っているんだけど、ぜんぜんだめ。先月は自炊とかして、いろいろがんばったんだ。でも、月末に計算してみたら、逆に今までよりもかかっちゃった。

というか、これまでいくらかかってたのか、今一つ、よくわかってないんだけど、とにかく赤字になった」

それは真実だった。節約しようと、スーパーで食材を買った。お弁当作りも始めたくて、雑貨屋で天然杉の曲げわっぱの弁当箱まで買った。八千円もした。けれど、弁当なんて一日しか作れなくて、食材は上手に消費できず、ほとんど捨ててしまった。電気代節約のために、ヒーターを我慢し、風呂もシャワーにした。そしたら体が冷えたのか、風邪をひいて医者にかかるはめになった。食材を残した罪悪感がストレスになって、外食が増えていた。自分に自炊は無理なのかもしれない、と落ち込んだ。

「美帆はいったい、いくらあるのよ、貯金」

「……三十万……くらい？」

「え⁉　それだけ？」

真帆はまじまじと美帆の顔を見た。

「じゃあ、根本的な改革が必要ね。固定費を見直したら？　出ていくお金をセーブするの」

「固定費？」

「家賃とかスマホ代とか、絶対にかかるお金のこと」

「でも、文字通り固定費だから変えられないじゃん」

「食費や電気代を見直したってたかが知れてるのよ。固定費をまず削って、節約するのが一番簡単」

うーん、と考えてしまう。

今の祐天寺の家は快適だし、とても気に入っている。あそこに住むことが美帆の大切な誇りだった。

「家賃九万八千円？　高い高い。それに、あのあたり、食費も高いでしょ。スーパーも高そうなおしゃれなところばかりだったじゃない」

「まあね」

「そうだ、また、ここに住みなよ。十条に。新宿にはこっちの方が近いし、家賃は一、二万は安くなるよ。それから、スマホ代はいくら？」

「毎月一万くらいかな」

「わー、高い。私は二千円よ。でも十分の電話なら何度でも話し放題よ」

「え」

真帆はスマートフォンを見せる。ピンク色でなかなかかわいらしい。

「もしかして、格安スマホってやつ？」

「そう、キャンペーンでさらに割引になったから。ね、家賃二万、スマホ八千円安くなったら、すぐに月に三万近く貯金できるよ」

「それはちょっと……」

「十条、捨てたもんじゃないよ。お総菜もおいしくて安いし、激安のスーパーがたくさんある。実家でご飯食べさせてもらえるし、おかずとかもらったりもできるよ」

「十条なあ」

これからは一人で暮らす、自立すると宣言して出たのに。

「お母さんたち、喜ぶよ。うちも週一回は行って、いろいろもらってくる。お祖母ちゃんの家にも行くよ。向こうだって孫や曽孫の顔見られるんだもの、一石二鳥でしょ」

「うーん」

「いっそのこと、実家に戻ってくればいいじゃん！　そしたら月三万くらいお金を入れて、あとは全部貯金できるよ！　そうしなさいよ」

「えー、やだー」

美帆はがっくりきて、姉の家のテーブルにつっぷしてしまった。

美帆もわかっている。

姉の言うことはいちいち正しい。

あの後、真帆はこうも言ったのだ。

「じゃあ、まず、一日百円貯めてみよう」

「百円て……」

なんかちょっとバカにされたような気がした。あんたにはそれくらいがお似合いよ、と言われたような。

「百円なら、ちょっとしたお茶代とかコンビニのスイーツとかで節約できるでしょ？　一ヶ月貯めたら三千円じゃない？　それを月々、投資信託に入れてみるのは？」

「投資信託。それ、銀行でするの？」

「銀行でもできるけど、証券会社に口座作りなさい。インデックス型のできるだけ手数料がかからないのがいいわね。三千円できたらもってきなさいよ。教えてあげるから。あ、証券口座を開く前にも相談して。紹介したら、紹介料くれるところあるから」

プチ稼ぎできるわ、と真帆は美帆がわからない言葉をつぶやいて、にんまりと笑った。

「わかった。じゃあ、帰りに貯金箱買って帰る」

「バカ。そこでお金使ってどうするの」

あ、久しぶりにバカって言われた、と思った。

しかし、それは子供の頃に戻ったような、何か懐かしい「バカ」で、昔より嫌な感じじゃなかった。

「じゃあ、百円ショップで買えばいいね」

「それもだめ。その百円を貯金するの」

真帆はキッチンの棚をごそごそ探して、小さな蓋のついた缶を出してきた。

「これ、友達のハワイ土産のナッツが入ってた缶。これに貯めなさい」

そこで寝ていた佐帆が起き出して、複雑な話はできなくなってしまった。美帆も姉にお礼を言って、帰宅した。

百円ねえ。

あの時はちょっとむっとしたけど、百円の貯金なら確かにできるような気がした。

次の日の朝、出社前に寄った、シアトル系コーヒーショップで新作のフラペチーノを飲みながら考える。

少し早起きして会社近くのこの店に寄り、一日の予定を立てるのが、美帆の楽しみであり、活力だった。普段ならこのあとコンビニに寄ってペットボトルの飲み物を買い、会社に向かう。

けれど、今日は違う。ちゃんと断熱性の携帯マグにお茶を入れて持ってきた。これで百五十円は浮く。一千万にはほど遠いけど。

姉がくれた、ナッツの缶にちゃりん、と百五十円を入れた。これからは会社の机に置いて、少しずつ貯めるつもりだった。

しかし、姉が言っていた、固定費の方はまだ削る決心がつかなかった。

スマートフォンの二年契約があと半年ほどで切れるので、その時に変えるのはやぶさかではない。それはやろうと思う。格安スマホというのはちょっと心配もあるが、かわいいワンちゃんのためなら、ちょっとダサい古い型でも我慢しようではないか。

しかし、家賃は。

二十三区の南側に住むのは昔からの夢だった。何より、実家や実家の近くに戻ってくるのって、なんか……敗北？　そう、どうしても「都落ち」とか「夜逃げ」の印象が拭えない。

「そんなことないよ。十条の隣の赤羽は、最近の住みたい街ランキングの上位に入ったりしてるんだよ！」

姉はそう言っていたけど。

もう少し他の節約方法がないか考えよう。そうだ、節約本を読んだり、セミナーに行ったりしてみよう。素人の姉に相談しただけで、こんなにいろいろなアドバイスをされたのだから、専門家に相談したらもっといい方法があるかもしれないし。

そこまで考えて、フラペチーノの残りをずるっと飲んだ。

薄い。まだ、半分ほどしか飲んでないのに、すっかり氷が溶けてただの薄甘いコーヒーになってしまっている。美帆はいつもこうで、フラペチーノをおいしいうちに全部飲めたことがない。

はっとした。このコーヒーこそ、無駄なのではないか。

美帆は改めて、その値段を確かめた。

いつもここのオリジナルカードで払ってしまっているから意識しないけど、店内利用で一番安いフラペチーノの値段は四百八十四円、ただのアイスコーヒーなら三百十九円、コンビニのアイスコーヒーなら百円……。

これまで、コーヒーなどたいした値段の違いはない、と思っていた。百円くらいの違いなのだから好きなものを飲もう、と。

しかし、百円貯金をするなら、話は変わってくる。

コーヒーショップに行くのはやめたくない。だけど、ここでちょっとした考えごとをするくらいなら、アイスコーヒーだっていいのだ。二回に一回は変えてみよう。

「ここ、座っていいですか」

顔を上げると、大学生らしい、カジュアルな服装の男の子が、隣の席を指さしている。美帆が来た時にはまだほとんど空いていた席が開演五分前でほぼ埋まりかけていた。

「あ、どうぞ」

相手がイケメンとまではいかなくても、爽やかな容姿であることに気づきながら、バッグをどかす。

「すみません」

今日は、『8×12は魔法の数字』執筆者の黒船（くろふね）スーコさんの節約セミナーだった。黒船さんは最近、そこそこ売れている節約アドバイザーで、ファイナンシャルプランナーだった。

美帆は実は彼女の本をまだ読んだことがなかった。たまたまテレビに出ているのを見て、スマートフォンで検索したらこのセミナーの情報があったのだった。

新刊出版記念のため、セミナー料はたったの三千円。「二、三十代の男女、特にサラリーマンやこれから働く大学生たちに捧げたい」と副題がついているのが気に入った。正直、主婦向けの節約術を教えてもらっても困るし。

黒船さんは司会の簡単な紹介の後、颯爽（さっそう）と現れた。ちょっと小太りの、美帆の母親くらいのおばちゃんだった。テレビより太って見えた。テレビで見るより「痩（や）せている」というのはよくあるが、太っているのはめずらしい。

「皆さん、まず、これだけ覚えていって」

黒船さんは挨拶もそこそこにペンを握り、ホワイトボードにさらさらと大きな数字を書いた。

8×12

書名、そのままではないか。

「今日はこれだけ。これだけ覚えて。あなたの脳裏に刻みつけて欲しいの。さあ、八×

十二はいくつですか」

九十六！　という声が会場から上がる。

「はい。ご名答。毎月八万ずつ、それにボーナス時に二万ずつ貯めます。そうすると、あら不思議。一年に百万円が貯まっちゃうの！　そして、一年に百万ずつ貯められれば、三十代のあなたは六十歳の定年までに三千万、二十代のあなたなら四千万貯まります。さらにそれを三％複利で運用できれば税抜きで約四千九百万と約七千七百四十万になります。もう老後は心配なし！」

会場に失笑ともため息ともつかない音が漏れる。

「あ、今、そんなの無理だって思いましたね。思ったでしょう」

美帆は思わず、笑いながらうなずいてしまった。隣の男子も同じようにしているのが目のはしに見えた。

「あなたたちは今、私の呪い、もとい、魔法にかかったの。一度この数字を聞いたら、どうしたって頭に八万って残っちゃう。そして、気がついたら月に八万貯めようって思っちゃうの。今は無理でもできるだけそれに近づこう、近づけようって努力しちゃうのよ！　だって、月八万貯められたら、それ以外のお金はなんでも好きなように使っていいのよ！　ボーナスも二万以外は使い放題！」

皆、一瞬、ぽかんとしたあとに爆笑の渦が起こった。黒船さんが両手を大きく広げて、まるでオペラ歌手のように言い切ったからだ。しかし、それは、黒船さんをバカにした爆笑ではなかった。どこか、温かい肯定の笑いだった。美帆はげらげら笑い、隣の男子と自然に目が合って、彼も美帆に軽くうなずいた。

「あなたたち、今日はとってもいい三千円の使い方をしたわ。さあ、それでは、どうしたら月八万貯められるのか、一つずつ検証していきましょう。まずは固定費の見直しです」

え、と小さく悲鳴が出てしまった。それでは、姉と一緒ではないか。

しかし、大笑いしたあと、なんだかもう、美帆はそれを否定する気にはならなかった。

お姉ちゃん、やるじゃん。

自分にできるかどうかはまだわからなかったが、彼女の言葉を書き取るため、学生のように素直にノートを開いた。

第2話　七十三歳のハローワーク

　ウィーンと低くうなるモーター音の中で、新聞を読んでいた御厨琴子（ことこ）ははっと起き上がった。

「マンゴー銀行　退職金キャンペーン！　特別金利　年利二％（税抜き）」

　琴子は最新式のマッサージチェアで、全身フルマッサージ十五分というコースを楽しんでいる最中だった。チェアといいながら、背もたれはほとんど寝椅子（ねいす）のような角度になっていたから、半身を起こすのは結構きつい動作だったが、かまっていられない。

「めがね、めがね」

　往年の横山（よこやま）やすし師匠のギャグのように周囲を探りながら、新聞からは目を離さなかった。

　老眼鏡はチェアのすぐ脇のテーブルに置いてあった。それをかけ直して、じっくり、まじまじとその広告を読む。

「えーと、マンゴー銀行、退職金キャンペーン、特別金利、年利二％、と。預けられるのは、退職者及びその配偶者の六十歳以上の男女のみ。ただし」

　こういう広告には必ず裏があり、それはその下に書いてある。もちろん琴子は賢い消費者であるから、ちゃんと読む。まるで芥子粒のように小さな字、新聞記事の文字よりもずっとずっと小さい。老眼の身にはことさら読みにくく、都合の悪い条件は読んでくれるな、とでも言うようだ。でも、そのために老眼鏡を用意したのだった。

「二％の金利は、一千万以上の預金を三ヶ月以上の定期に入金した最初の三ヶ月のみ、その後は〇・〇一％……まあ、そうでしょうね」

こういうキャンペーンは人目を引く高金利を打ち出しながら、一ヶ月から半年くらいでそれは終わり、あとは普通の定期預金と同じ程度の利子になってしまうのがほとんどだ。

しかし、〇・〇一％でもまだましな方だ。今は都市銀行の普通口座の利子はだいたい〇・〇〇一％なのだから。

「バカらしい」

つい声を出してつぶやいてしまう。

「景気が少しよくなってきたというのに〇・〇〇一％なんて、銀行はどれだけ稼いでいるのやら」

しかし、今はそんな銀行批判をしていても仕方ない。

「一千万を二％の金利で預けて三ヶ月だから、五万くらいかな？」

琴子はチェアから降りてキッチンへ行くと、引き出しから使い込まれた大きなそろばんを出して、素早く計算した。高校を卒業した後、銀座のデパートで店員をしていた琴子は、電卓なんかより、こっちの方が早い。

「当たり！　一千万を三ヶ月預けると、四万九千三百十五円か……で、税金を引くと、三万九千二百九十八円の利息がもらえるわけか」

琴子は、三年前から使っているスマートフォンで、マンゴー銀行を調べる。

「マンゴーなんて信用できそうもないけど、トマト銀行だってふざけた名前なんだから」

マンゴー銀行というのは、九州の宮崎県にあるらしい。十年ほど前までは宮崎商工銀行という堅い名称だったようだ。こういう大きな金利キャンペーンというのは、地方銀行が行うことが多い。地方とはいえ、電話で資料を取り寄せ、書類に記入して口座を開き、そこに入金すればよいので、わざわざ宮崎まで行くことはない。

彼らがそんな高金利を出すねらいはもちろん、年寄りの虎の子を集めるためだろう。つい数年前まで、こんなキャンペーンはごろごろあり、中には、「必ず、金利五％を実行します！」と、琴子の貯金額の運用を勝手にシミュレーションしてきた銀行もあった。

その時は、まだ民主党政権下の超不景気、デフレ時代だった。株価は安く、円は高く、ろくな預け場所もないような状況だったから、琴子も一瞬、くらりと惑わされそうになった。

「お祖母ちゃん、だめだよ！　これ、必ず五％増やしてお返しします、とか書いてあるけど、どこにもその期限が書いてないよ。五％増えるのを待ってたら、死んだあと、なんて羽目になるかもよ。元本割れしても、自己責任でおとがめなし。ほとんど詐欺だよ」

　元証券会社社員の孫の真帆が、気がついて止めてくれたからよかったが、もう少しで騙されるところだった。

「大手のくせにあこぎなことをする」と真帆は憤っていたけれど、あのあと、アベノミクスで景気が上昇したのだから、五％増額は実行できたかもしれない。そうしたら、銀行員は鼻高々、何食わぬ顔をしてまた投資を勧めてきただろう。結局、銀行の有利になるようにできているのだ。

　琴子は、投資は「怖いもの」と一度は諦めた。けれど、友人から「投資じゃない、お金を増やす方法があるのよ」と耳打ちされた。

　銀行が退職後の老人相手に始めた、高金利商品を賢く利用して、おこづかいを稼ぐやり方だった。マンゴー銀行のように、わずかな期間でも二％や三％の金利をキャンペーンとして打ち出している銀行を探して、何度も預け替えるというアイデアである。

　真帆に相談すると、じっくり銀行のパンフレットを読んだあと、「これなら大丈夫かも」とやっとうなずいてくれた。

「でも、お祖母ちゃんはうらやましいねえ。銀行は若者にはこんな金利をぜんぜん出してくれないよ。私たちこそ、将来のために高金利が必要なのに」

嘆く孫娘が気の毒だと思うものの、利用できるものはしてやろうと思った。

向こうだって老人を食い物に、とまでいかなくても、上手にカモにしてやろうと思っているのだから、こちらも賢くならなければならない。

それに、せっかく、亡くなった夫が汗水流して働き、残してくれた財産、活用しないのはもったいないではないか。夫は商社マンだった。五年前に肺ガンで亡くなった。タバコなど二十代のわずかな間しか吸っていなかったので、ほとんど検査もしていなかった。咳がひどいから、と病院に行った時はステージⅣで、すでにリンパなどに転移していた。

一千万円ものお金を動かすのは怖いし、面倒ではあるが、慣れればどうということもない。自分で出向ける範囲なら登山用のリュックサックに詰め込み、次から次へ、さまざまな銀行に運ぶ。なに、一ヶ月や三ヶ月に一度、そのくらいの手間は問題ない。書類を何枚も書かなくてはならないけれども、こちらは時間だけはいくらでもあるのだ。

「あっちこっちに乗り換えて、銀行員さんの目が気にならないの？」

真帆はからかうが、それもまた、慣れればなんということもない。

琴子は「マッサージチェアを銀行の利息だけで買う」という目標を作った。そして、一年前、三年をかけてそれを達成し、無事、念願のチェアを手に入れた。

四十万以上したチェアだけあって、体中、首もとから足の裏まで、くまなくもんでくれて、もみ返しもない。毎朝、寝転びながら、新聞を隅から隅まで読むのが、何よりの楽しみとなった。

けれど、景気がよくなってきたからか、琴子のようなことをする人が増えてきたからか、昨年くらいからそういうキャンペーンは目に見えて減っていた。

だから、マンゴー銀行のは、久しぶりの大型広告だった。

しかし。

琴子は一通りの説明を読むと、その新聞をぱたりと傍(かたわ)らに置いた。

もう、チェアも買ってしまったしなあ。

今、これと言って欲しいものは何もない。

欲しいものがないなんて、贅沢(ぜいたく)なことだし、ありがたいことだけど。

昔は欲しいものばかりだった。息子たちを育てる時……あの子たちは当時発売されたばかりの、プラスチック容器に入ったヤクルトがとても好きだった。今は普通にスーパーで特売されているものでも、昔は高くてなかなか買えなかった。息子が喜ぶ顔が見たくて、そして、健康にもとても良いと聞いて、琴子は、自分が一食抜いてでも飲ませようとした。

決して、貧乏ではなかった。まわりも皆、多かれ少なかれ同じような経済状態だったから、のんびりしていられた。でも無駄に使えるお金はない時代だった。

ふっと昔のことに思いをはせてしまった琴子は我に返った。

高金利の恩恵にあずかるなら銀行に電話して資料を取り寄せ、それに書き込んでまた送り戻す必要がある。さらに現在、退職金を預けている銀行に行って、大金を引き出す手続きをしなければならない。

そんな一連の作業が、「なんだか、面倒だわ……」と初めて思った。

不思議だった。マッサージチェアを買う前まで、それはわくわくする行為だったのに。あっちの口座、こっちの口座と動かしているだけで楽しかった。人は買い物をしなくても、お金を動かしているだけで、その十分の一くらいの高揚感はあるのだ、ということを知った。ゲーム的な感覚もあったのかもしれない。

だけど、今はなんだか、すべてがおっくうだった。

お金をちょっと動かせば四万近い利息が手に入るっていうのに。

琴子が一千万を動かすのに消極的なのは、面倒だという以外にも理由があった。

夫の死後、この一千万以外に数百万の普通預金がゆうちょ銀行に残されていた。年金が半分近くに減らされてしまったので、最近それにちょくちょく手を付けている。もう残り数十万ほどしかない。

こういう時こそ、キャンペーンに入れて増やさなければ、と思うのだが、それが使えるようになるのは三ヶ月後なのだから、その前に急な出費があったりしたら困ってしまう。

夫が死んだばかりの頃、数百万の貯金はとても大きなものに思えていた。それがこんなに早くなくなるとは。

一千万の貯金は琴子の心のよりどころだった。今後、介護施設に入ることが必要になったり、家を介護用に改築したりすることになったら使うつもりのお金なのに、そのうち取り崩さなければならないと思うと不安でたまらない。

実はこの問題は昨年からずっと琴子を悩ませているのだった。どうしようかと迷いながら、あまり考えないようにしてここまできてしまった。

それを、このキャンペーンが改めて自分に突き付けてきたようなかっこうになった。

「うらやましい悩みだなあ」

退職金キャンペーンのことを、年金が足りないというところはのぞいて話すと、小森安生は豪快に笑った。

「そうかしらね」

「四万もらえるなら、僕ならすぐに行動しますよ。百万で一年はゆうに暮らせますから、半月分の生活費になりますね。でもそれだけまとまった金があったら、たぶん、一ヶ月、旅行期間を延ばしますね。今の時期なら、タイのバンコクもいいし……ああ、カオサンは最近高いんだよなあ。マレーシアのマラッカあたりでのんびりするか。いややっぱり、自宅で読書ざんまいも悪くないかな」

日焼けした顔をほころばせている。

彼は歳の離れた、琴子の男友達だった。

最初に出会ったのは一昨年の十一月、家から少し離れたところにある、大型ホームセンターの店先である。

琴子はその時、迷っていた。園芸コーナーで、大きなプラスチックケースに入った、ヴィオラの苗(なえ)がまとめて六百円という値段で売られていたのだ。

ケースの中には三十個の苗が入っていた。つまり、一つの苗が二十円ほど。驚くような大安売りである。たくさん仕入れすぎて売れ残り、見栄(みば)えが悪くなったから、ほとんどただのような値段で投げ売りしていたのだろう。

琴子はしゃがみ込んで、一つ一つの苗の状態をよく見てみた。

花はついていなかったり、しぼんで茶色くなったものがかろうじてくっついていたり。逆に茎(くき)が長くでろんと伸びて終わりかけの花が満開になっていたりする。

しかし、少し園芸をかじった人間ならすぐわかる。これはヴィオラの仮の姿なのだ。良い土に植え替え、徒長した茎やしおれた花は思い切ってばっさりとカットし、肥料を与えてやれば、またすぐに次々と咲き始める。今はまだ十一月。これから五月の連休あたりまで楽しめるに違いない。

三十株はさすがに多い。電動自転車でここまで来た琴子には運びきれないし、その前に家の庭に植える場所がない。せめて十五株なら……玄関脇のスペースにぎっしりと植えれば、一ヶ月もしない間に咲きそろい、人目を引く寄せ植えになるのに。たった、三百円で……。

何より後ろ髪を引かれるのは、琴子が買わなかったら、この苗はたぶん、売れ残りとして廃棄処分になる可能性が高いことだ。それを思うと、悲しく切なく胸が痛くなるような気さえする。

「こりゃ、すさまじい値引きだなあ」

その時、若い男の声がして、琴子ははっと我に返った。振り返ると、斜め後ろに、いい笑顔の日焼けした青年が立っていた。見下ろされて、慌てて立ち上がる。

「安いなあ。持って帰りたいけど、こんなにたくさんはいらんなあ」

「そうなのよ」

琴子は思わず、答えていた。日頃、見知らぬ人はそれなりに警戒していた。老人の一人暮らし、多少と言えど財産もある。どこで変な人間にひっかかるかわかったものじゃない。怖い話はテレビでも、新聞でも、図書館で時々読む週刊誌にもいくらでも出ている。

　そんな琴子がつい気を許してしまったのは、そこが園芸コーナーという場所だったことと、自分と同じことを考えている人がいた、という喜びゆえだった。ハンサムというわけではないが、なんとも感じのいい、どこか抜けた、彼の笑顔にも警戒心が和らいだ。

「持って帰れば、元気にする自信はあるんだけどねえ」

　彼はしゃがみ込んで優しく苗を触った。

「根にはぜんぜん問題なさそうですねえ」

　どこの誰とも知らないが、園芸の話ができるだけで嬉しい。

「これ、植え替えて、摘心(てきしん)すればすぐに生き返るわよね」

「ですねえ。でも、うちの庭にも、全部は植えられないなあ。一ヶ月前、まだ一苗八十円の時に庭の大部分に植えてしまったんですよ。多少空きはあるけど、三十はなあ」

「でも、八十円ならまだお安いわよ。私は百五十円から百円になった時に、我慢できなくて買ってしまって」

「百円は早いですよ」

「でもね、早めに植えて、秋の初めにヴィオラを楽しみたかったの」

「その気持ち、わかります。僕だって、金があったら買ってましたよ」

彼は枯れかけた花にそっと手を当てた。

「誰かが買わなかったら、捨てられてしまうのかなあ」

その時、どちらからともなく「半分こしない？」という言葉が口をついて出た。思わず、目を合わせて笑ってしまう。

「そうよ、半分こしましょう」

六百円の金額を、琴子は少し多めに払おうとしたが、安生はきっぱりと断った。

お金がなさそうというのは、ほんの少し話しただけでわかった。けれど、それでもちゃんと割り勘にしようとするところに、お金に汚くない男だ、とよい印象を抱いた。会計をし、苗を分けている間に、十条銀座商店街を挟んで、琴子の家とは反対側にある、小さくて古い庭付きの一軒家に住んでいることなどを教えてくれた。

バイクで来ているという彼は、琴子の分の苗を「家まで運びましょうか」と申し出てくれたが、さすがにそれは断った。

その時は、まだ彼の素性がわからず、「家庭を持った男の人で子供が小さいからお金がないのかな。昼間、こんなところにいるのは、真帆の旦那のように交代制の仕事で非番なのかもしれない」と勝手に想像していた。

彼とはその後、同じホームセンターや、十条銀座商店街で、時々顔を合わせた。一度、顔を覚えてしまうと、不思議なほど二人は行き合った。

彼はいつも琴子を見つけると、往年の知り合いか、昔の恋人でも見つけたかのように、にこにこと近づいて来た。そして、「ヴィオラ、どうなりましたか？　うちのはもう満開ですよ」だとか「最近、冷えますねえ」だとか、「年内はもう一度、ヴィオラの切り戻しをしてもいいんですかね」などと、気さくに話しかけてくれた。

春になる頃、「ちょっとお茶でもしませんか」と誘われた。宗教か何かの勧誘でもするのかもしれない、と警戒したが、ええい、それならそれでちゃんと断ればいい、と格安のコーヒーショップに連れ立って入ってしまった。

そこで、彼が子供どころか、結婚さえしていないこと、定職についていないこと、一年の半分は海外旅行か長期アルバイトで家を空けていること、などを知った。一軒家というのは、祖母が住んでいた築五十年の家で、今は誰も住んでいないから、暫定的に彼が管理しているらしかった。

そして、彼が、重度の「おばあちゃん子」だということも。

「金はないんですけど、お祖母ちゃんが庭を大切にしてたから、せめて僕もきれいにしてやりたくてね」

そんな言葉に、すっかり心を許してしまった。

「しかし、よく貯めましたねえ、そんなお金」

今日、しばらく海外に行くという安生は、家の鍵を預けに来たのだった。留守中、琴子が安生のかわりに庭の花に水をやって家の空気を入れかえるようになっていた。

昨年までは、同じことを近所の女性に頼んでいたらしいのだが、高齢だった彼女が体を壊して、横浜に住んでいる娘の家に行ってしまった秋頃から、琴子がその役目を担っている。

「お祖母ちゃん、そんな男、家に入れていいの⁉」

琴子が安生のことを打ち明けたところ、真帆はそう言って目を尖らせた。

「泥棒や強盗になるかもしれないよ」

「だって、私の方が、彼の家の合い鍵を持っているのよ」

「そんなの、安心させるための罠かもしれないじゃん」

「まあ、そうだけど」

「職もちゃんとしてないような人なんでしょ」

確かに、安生は定職がない。

しかし、琴子は彼と話すようになってから、定職についていないからこそ、人柄や真面目さが問われるのではないかと思うようになった。アルバイトは沖縄や北海道での季節労働が多い。安生はどこでもすぐになじむし、仕事の覚えも早いらしい。年寄りを大切にして、誰の話もよく聞くだろう。だから、そんな渡り鳥のような生活ができるのだ。

それに、家の管理を頼まれて通ううちに近所の人とも話すようになり、安生の経歴や現在の状態が、自身の説明している通りだということもわかった。

とにかく、今は、琴子は彼を信用しているし、かなり好意を持っている。

「お土産買ってきます。それから、グリーンピースとスナップエンドウがそろそろ収穫なので、好きなように採って食べてください」

「遠慮なくいただくわ」

この時期は水やりも少なくてすむ。地面に植えているから、一週間に一度で十分だった。もちろん、年金生活の琴子には時間だけはたっぷりあるから、もっと頻繁でも問題はない。

「ありがとうございます。恩に着ます」

そして、琴子は思わず、退職金キャンペーンとその金利について話してしまったのだった。

「そんなお金、夢のまた、夢だなあ、僕にとっては」

ああやっぱり、貯金額までわかってしまうようなことは言わない方がよかったかもしれない、とほんの少し後悔した。

けれど、安生はそんな琴子の懸念に気づきもしない様子で、のんびり鷹揚な顔で笑った。

「たいしたことじゃないのよ。私くらいの年代の人なら、皆、お金持っているわよ」

「そうですかねえ。うちのお祖母ちゃんが死んだ時、仏壇から、昔の一万円札だとか百円札なんかが出てきてね。あれ、祖母ちゃん、価値が出ると思ったんじゃないかなあ。財産らしいもんはそんだけでした」

「おうちがあるじゃない」

「あんな古い家、風呂の湯を沸かす薪くらいにしかなりませんよ」

「そんなこと言うもんじゃないわよ。上物はともかく、十条の土地でしょ。バブル期ほどとは言わないまでも、まだそこそこの値段はするはずよ」

「そうですかねえ。琴子さんはあれですか、いわゆる、節約みたいなことをして、ここまでお金を貯めたんですか」

「だから、そんな特別なことじゃないって。時代がよかったの」

あまり自分のお金の話はしたくなくて、琴子は首を振る。けれど、安生は気がつかないようで話を続けた。

「高度成長期やバブルのことですか」

「それもあるけど、私たちが就職した頃、初任給は一万円くらいだった。そこから、退職時には五十倍くらいになった計算でしょ。そういうちゃんとした、経済の成長というものがあったから、ここまで来られたのよ」

やめようと思っても、ついそんなことを語ってしまう。嫌いな話題じゃないのだ。新聞やテレビを見ていれば、琴子にもいっぱしの考えが自然に浮かんでくる。

「そういう時代の助けがない、今の若い人はかわいそうだと思うわ」

小さく口の中でつぶやいてしまった。

「ただ、あれね、私は母の教えでずっと家計簿をつけてきたから。やってたことと言えば、それだけね」

「家計簿ですか」

安生は素っ頓狂（すっとんきょう）な声を上げる。

「家計簿なんて、僕の人生から一番、遠い言葉です」

「私の母は大正十三年、一九二四年生まれ。家計簿が初めて女性誌に登場したのが、一九〇四年、日露戦争の年よ」

ああ、こんなことを話しても、この若者はなんの興味もないに違いない。でも、彼はそれでもふんふんと聞くふりだけはしてくれるし、ちゃんとあいづちも欠かさない。

こんな人が生来の人たらしというものなのかもしれない、と琴子は思う。

小森安生と話をしても、高金利キャンペーンに申し込むかどうかについてはなかなか決まらない。

退職金キャンペーンの高金利商品に申し込むなら、早めの方がいい。まず銀行に電話をして資料を取り寄せなければ。現在、退職金を預けている銀行でも早めに手続きした方がいいし……と考えるばかりで、体が動かない。

昔なら、一連の作業をいそいそとすませたのに。ただ、マッサージチェアに寝ころんで、今日もぼんやりするばかりである。

確かに、安生の言うように利子を生活費に使ってもいい。しかし、そう考えると、年金だけでは足りない、手元不如意(ふにょい)である自分の現状を突き付けられる気がした。大きなため息が出た。「ああ、私、ため息をついている」と自分で認識できるようなため息だった。

こんな時こそ、家計簿をつけてよく考えることが大切だと、えいっと勢いをつけてチェアから立ち上がった。

夫は六十を過ぎて商社を退職した後、六十五まで子会社の役員をしていた。その後は年金生活に入ったわけだが、夫婦二人の時は、二ヶ月に一回、二十六万弱の金額が振り込まれていた。

決して多くはない。けれどその時は郵便貯金もまだたっぷりあって、よく旅行もしたし、お金が足りないと切実に思ったことはなかった。

しかし、一人になって、年金はひと月に八万ほどになってしまった。それでも最初は、「もうほとんどお金がかかることもないだろう。贅沢をせず、家を守りながらひっそり暮らそう」と思っていた。

けれど、そう物事はうまくいかなかった。

自炊というのは、一人分も二人分も経費はそう変わらない。また、独り者になってから、昔の友人に誘われることがぐっと増えた。

夫が生きているうちはあまりなかった「ランチでも行かない？　赤羽に新しいイタリアンができたわよ」だとか、「福島に桃を食べに行かない？」だとかいう誘いが毎月のように入ってくる。

そうなると、服だって靴だって、「いつも同じものばかり」とはいかない。

断る、という選択肢もないわけではないけれど、年老いて、これからの年月、友達や家族との時間が一番大切な気がする。あの世や棺桶にお金を持って行っても仕方ないしね、と友人たちも口々に言っていた。

しかし、これから、自分の介護が必要になったり、病気になったりしたら、いったい、どれだけお金がかかるのかわからない。

あの世に持って行けないから使いましょう、というのと、お金がどれだけあっても不安だから節約しなくちゃ、という相反した言葉が、同じ口から出てくるのが老人というものだ。

先日も、友人から「介護には年間で平均九十万以上、五年介護してもらったとして一人平均で五百万以上かかるんだってよ」と聞かされたばかりだ。それならどうしても、あの一千万円には手をつけられない。

神様が教えてくれればいいのにね、と琴子は家計簿を開きながら考える。「お前の寿命は八十年、死に方はガンだから介護の必要はなし」だとか、「大きな病気はしないけど、七十八で眠ったまま朝方亡くなっているよ」だとか、「転んで寝たきりになるから、お金を貯めておくように」だとか。

言われたらきっとショックで泣いてしまうけど、未来がわかれば、どこかほっとするような気持ちも生まれてくるはずだ。けれど、現実にはそんな優しい神様はいないから、気休めかもしれないけど、とにかく家計簿をつけるのだ。

年金生活になる前、琴子はとても不安だった。しかし、本屋に行ったら、ちゃんと『高年生活の家計簿』をはじめ「年金家計簿」がそろっていてほっとした。

これまでの家計簿との違いは、毎月のページが年金支給日である十五日始まりになっていたり、医療費の欄が充実していたり、二ヶ月が一つのまとまりになっていて計算ができるようになっていたりすることだった。

『高年生活の家計簿』は日本で家計簿を最初に作った、羽仁もと子の家計簿が元となっており、その見慣れた表紙に、「さすが羽仁先生」と心強く感じた。

いろいろ比べてみて、琴子は一年目は『高年生活の家計簿』、二年目からはもう少し簡易で安価な年金生活用の家計簿をつけるようになった。

琴子は家計簿を開いて、財布から昨日買い物をしたスーパーのレシートを取り出した。こつこつと丁寧に金額を書き込んでいく。

それだけで、心の中がすうっと落ち着いてくるような気がした。

嫁である智子から連絡があったのは、安生が海外に行ってから一週間ほど経った頃だった。

「お義母さん、ご無沙汰しています」

こちらは孫とは違って、家の固定電話へ連絡がくる。

智子はまだスマートフォンでなく携帯電話を使っていて、替えようという気持ちもないらしい。

「うちのお母さん、遅れてるよねー。スマホにしてくれたら、ＬＩＮＥで連絡できるのにさ。電話回線なんて、実家のためにしているようなものだよ」

真帆などはいつも愚痴を言うが、意外に五十代の智子くらいの世代の方が、琴子の世代より保守的だというのはよくあることだ。智子は会社でパソコンの研修を受けている世代よりもまだ上だから、機械やネット環境にはずっと苦手意識を抱えているらしい。娘たちがそれらを使いこなして、なんでも母親の代わりに手伝ってくれているのも、その要因の一つだろう。

智子はいまだに何かわからないことがあると、辞典を引いたり、図書館に行って本を探したりしている。そして、それでもわからないと、娘たちに電話をしてきて、インターネットで調べさせるそうだ。

「お義母さん、実はね、ちょっとお願いがあって」

まさか、こちらにもインターネットで調べさせるわけじゃないだろうな、と一瞬身構える。

「ほら、お正月のおせち料理、あったでしょう」

「ええ？　おせち料理？　それが何か」

意外なことを尋ねられて、びっくりした。

「私、英語を習いに行ってるじゃないですか」

琴子が、智子について感心するのは、昔から習い事に熱心で向上心の高いところだ。そんなところはいかにも、バブル期に二十代を過ごした女性らしい。いつも、ヨガやらテニスやらフラワーアレンジメントやら、いろいろなことに手を出している。特に、仏文科卒の彼女は英語とフランス語はずっと続けている。娘たちが高校、大学と学費がかかる時期でも、区の公民館で行われる格安の教室に参加したりしていた。

将来、和彦が定年退職した後、二人で豪華客船に乗って、外国の人と英語やフランス語で会話するのが夢なんだそうだ。

しかし、その夢について「お義母さんも行きましょうよ」と言ってくれたことは一度もない。

船なんか乗りたくもないが、お愛想程度に一度くらい誘ってくれてもいいじゃないか、とふっと思ったりする。孫ならなんとも思わないのだが、嫁にはつい不満を感じてしまう。

琴子の側はずっと智子に手を差し伸べようとしてきたつもりだ。けれど、彼女の方はそれをにこやかに受け止めながら、もっと深く手を入れようとすると、パチンと弾かれるようなところがあった。

もちろん、実際に打たれたりしたことがあるわけではないが、長年の付き合いなのに芯の芯までは心を許されていない気がしていた。

「ああ、そう、ずっと続けていて偉いわよね」

もちろん、その不満はおくびにも出さずにあいづちを打つ。

「エレイン先生がいい方だからですよ。毎週とっても楽しくて」

「それは一番、いいわよねえ」

「この間、お正月の過ごし方っていう話題で、お互いお正月の家族写真なんかを見せ合ったんですよ」

智子の英語教室では、基本の会話練習だけでなく、そういうディスカッションもするらしい。

「私はお正月に作ったおせちの写真を見せたんですね。そしたら、皆、お重に詰めた料理をきれいだきれいだって褒めてくれて。それで、『おせち料理を教えてほしい』って言われたんですよ」

まさか、と思わず笑ってしまう。

「皆さん、お世辞を言ってくれたんじゃないの？」

「私もそう思ったんですけど、わりに本気で」

「だいたい、外国の方におせちなんて」

「違うんです。先生じゃなくて、生徒の方なんです。私と同じ、教室の生徒の皆さんが習いたいって言うんですよ」

「生徒って若い方？　結婚したばかりのような方？」

それなら、仕方がないかもしれないと思う。けれど、おせちはその家のものだから、親に習えばいいのに、という気持ちが拭えない。

「それが、違うんです。若い方もいらっしゃるけど、私と同じくらいの歳の人や年上の人もいるんです」

智子が説明するには、女は結婚すると婚家でお正月を過ごすことになる。夫の実家がおせちを作らず、買ってすませるような家だと、ずっと作らずにきてしまう。

そして、義父母が亡くなり、さて、いざ自分がおせちを作るという段になって、どこから手をつけていいのかわからず、途方に暮れてしまうそうだ。

「だって、なんにも特別なものはないじゃない。だいたい、おせちの作り方なんて、いくらでも本が出ているし、年末に雑誌の特集にもなるでしょ。あの通りにやればいいのに」

「ですよねえ。だけど、今までやってこなかったことを始めるのも、この歳になると意外にむずかしくなるのかもしれません」

「なるほどねえ」

「それでね、一度に全部作るのは大変だから、お茶飲みがてら毎月うちに来てもらって、何品かずつ作ってみましょうか、って話になったんですけど、お義母さんにも手伝ってもらえませんか。ほら、おせち料理のごまめとか二色卵とかはお義母さんに教えていただいたでしょ。私が教えるより、上手な人からちゃんと習った方がいいと思うんですよ」

「そんな。人に教えるなんて、とてもとても」

そう言いながら、悪い気はしなかった。いや、とても嬉しい。

智子さんという人は、こういう素直なかわいげもある人なのだ、とついさっき感じた不満も忘れて、嬉しくなる。

結局、智子に言われるがままに引き受けてしまい、翌月、おせち料理教室を開くことになった。最初は、オーソドックスに「栗きんとん」と「筑前煮」「ごまめ」にしようか、と話がはずんだ。


「おせち料理教室」はなかなか盛会に終わった。

智子はお茶代や材料費も含め、一人五千円の会費を集めたらしいが（材料費はともかく、お金を取るのか、と琴子はかなりおどろいた）、すぐに六人が集まり、他にも来たいと言う人がいたらしい。

さらに、メンバーの一人がアメリカ人女性を連れてきて、図らずも国際交流の場となった。スマートフォンで何枚も写真を撮って、SNSにアップする人もいた。

智子は事前に、材料と作り方を紙に書いたものを用意していた。それを皆に配り、説明しながら作業を進めた。彼女はいろいろな習い事をしているから、そういうお教室の流れというのをよくわかっているのかもしれない。

キッチンと居間で料理を作った後、できあがったおかずとお菓子を出して、お茶を飲みながら、楽しく話をした。

「お義母さん、本当にありがとうございました」

皆が帰った後、琴子は頭を下げられた。

「とんでもない、私も楽しかった」

そう言ったのは、嘘ではなかった。やはり人と会うのは楽しい。

皆、年長者の琴子のことをたててくれて、いろいろと質問されたのも嬉しかった。最初は「私が教えられることなんて」と及び腰だった琴子も、気がつくと子育てや老後のことなんかを話していた。

帰り際、智子は琴子に「これ、お礼です」と、謝礼と書いた封筒を渡してくれた。となんでもない、と何度も断ったが、彼女は「こういうことはちゃんとしないと」と言って、強引に琴子のバッグに入れてきた。

「受け取ってもらわないと、お義母さんにもう頼めなくなります」

私もちゃんと自分の分はとってありますよ、と彼女はいたずらっぽく笑った。

家に帰って中身を確かめると、五千円札が入っていた。

かたん、ざぐっ、という音で、琴子は目を覚ました。

三月の早朝はまだ冷える。枕元のフリースガウンを羽織って、真っ暗な廊下に出た。昔は丹前を着ていたけど、重くて暖かくないでしょう、と孫たちがこのガウンをプレゼントしてくれた。確かに、丹前なんか二度と着なくなったくらい、柔らかく便利だった。

玄関の新聞受けから、朝刊を取る。

「かたん」は鉄製の新聞受けの蓋が持ち上がる音、「ざぐっ」は配達人がそれを押し込む音だ。玄関脇の小部屋、昔は子供部屋として使っていたそこに寝ていれば、朝四時のその音で目覚めてしまう。

新聞を取ると、部屋には戻らず、そのまままっすぐ廊下を歩いてダイニングキッチンに入る。そして、コーヒーメーカーをセットして、新聞を開く。

琴子は最近、新聞の見出しをざっとチェックした後、チラシから読むようになった。

智子から五千円をもらったことは、琴子に大きな変化をもたらした。

嬉しかった。単純に、嬉しかった。まだ、自分もお金を稼ぐことができるのか。

あの日の夜帰宅して、封筒からお札を出した時、なんとも言えない喜びが心に満ちあふれ、ここ何年も味わっていなかった満足感と感動で心がいっぱいになるのを感じた。

家計簿に、久しぶりに「年金」以外の収入を書き込むのが誇らしかった。

あまりに大きな喜びに、自分自身、戸惑った。最初は何か、病気で心臓が動悸を起こしているのかと心配になったほどだった。

結局、私はお金が欲しかったのか、と寝床の中で考えた。少し浅ましくて、悲しくなるが、いや、それだけではないと思い直す。自分は感謝されたいのかもしれない。

それはかなり正直な気持ちに近い気がした。けれど、今でも曽孫の世話をすれば真帆に感謝されるし、庭の水やりをすれば安生が感謝してくれる。

自分は感謝され、そして、お金ももらいたいのではないか。つまり、働きたいんじゃないかと思いあたり、我ながらぎょっとする。

働きたい？

七十三歳で、もういつ倒れるかわからなくて、孫にも認知症じゃない？　なんてからかわれる自分が？

いや、それはさすがに無理だろう、と頭を振る。

もちろん、テレビでは「一億総活躍社会」だなんて言っているけれど。七十を超えて働くなんて無理に決まってる。

せめて自分が六十代だったら。

もんもんと考えながら、その日は眠りについた。

けれど、その次の日、琴子はあっさり仕事を見つけてしまった。

「マンション日常清掃　年齢経験不問　未経験、高齢者の方、大歓迎。お待ちしています！」

新聞の折り込みチラシの中にそんな一枚があるのに気がついたのだ。大切に取りのけてしまった。

今までは、自分が持っているお金や年金でまかなうことばかり考えていたけど、もしかしたら、これからも稼げるのかもしれない。そんな期待が琴子を突き動かしていた。

それから毎朝、新聞チラシを熱心に見るようになった。おかげでさらに、「家事代行スタッフ募集」のチラシも見つけた。こちらは家政婦を派遣している会社の募集で、研修を受けてから、各家庭に送られるらしい。「高齢者も大歓迎」という一文は見逃さなかった。

別の日にも、十条銀座商店街のコンビニでアルバイト募集の放送を耳に挟んだ。

「――では、一緒に働いてくださる方を募集しています。主婦の方、初めての方、高齢の方、海外から来られた方、大歓迎です。あなたも――で私たちと一緒に働きませんか⁉」

その時は思わず、買い物の手を止めて聞き入った。

働き手不足、一億総活躍社会……本当のことなのかもしれない……琴子は早朝から新聞を見ながら考える。

口に出すのも恥ずかしいと思っていた、「働きたい」という気持ちは、そう高望みでもないかもしれない。

「うーん。七十三歳ですか……」

安生ほどの年頃に見えるコンビニ店長（三田と名乗った）は琴子の履歴書を見ながら、首を傾げた。

その戸惑いの表情を見て、琴子は体中が熱くなったあと、さあっと冷たくなり、その場から立ち去りたくなった。

そこは、前に「高齢者大募集！」と謳っていた、商店街のコンビニだった。思い切って、レジで「あの……このアルバイトの募集だけど、私でも大丈夫かしら」と声をかけると、今、目の前にいる若い男が「もちろんです！　ぜひ、よろしくお願いします！　履歴書をお持ちください」と深々と頭を下げた。

それなのに。

「すみません。御厨さん、お若く見えたんですよ。とても七十代には見えなくて。六十歳か、五十代後半かな、なんて」

お世辞なのか、本気なのかわからないが、今はそんなことを言われても、ちっとも嬉しくない。

「七十代なんて夢にも思わなくて。経歴は最高なんですけどねえ」

「やっぱり、ダメですか」

私のようなおばあちゃんが来るような場所ではなかったか、と恥ずかしくてたまらない。

「ダメではないんです。ダメでは」

三田は両手を振って、否定とも肯定ともつかない仕草をした。

「本部の方にも、何か規定があるわけではないんです。でもねえ。現実問題として、これまでお願いした七十代の方、やっぱりなかなかなじめなくて、やめられちゃうんですよ。レジだけでなく、いろいろな端末とか機械とかあって、その操作が覚えられない方が多いんですね」

六十代ならねえ……。

彼が小さくつぶやくのを、後ろに聞いて、逃げるように店を後にした。

働きたい。

そんな琴子の小さな、いや、七十代にしては壮大な夢を、どうしたら、叶えられるのだろうか。

コンビニを不採用になった後、琴子はつい、海外にいる安生にメールで相談してしまった。親戚や家族には言いにくいことも、他人の彼には書きやすい。それに、頭から否定はされない気がした。相談というより、愚痴に近かったのだが。

案の定、彼からはすぐにこんな返事が来た。

飲食店店員、家事代行、学童保育補助員、施設警備スタッフ、マンション管理人、介護士、ビル掃除、病院食調理、学校給食調理、植木職、駐車場スタッフ、保育補助員、調理業務アシスタント……。

僕がネットでちょっと調べただけでも、六十五歳以上を募集している仕事がこれだけありました。

東京都には、シニア向けの職業支援センターもあるようです。また、シニア対応の、キャリアカウンセリングなども充実していると聞きます。

一度行ってみてはいかがですか。

応援しています。

琴子のメールを読んで、異国の地ですぐに探してくれたらしい。

ただ、ただ、ありがたいと思った。「応援しています」の一言が胸に響いた。

そう言ってくれる安生のためにもがんばらなくてはならない。

琴子は一度失敗して、しり込みしかけている気持ちに活を入れた。

「まずはなんで働きたいのか、どうして働きたいのか、ということをご自分の中で整理することが大切です」

シニア向けのキャリアカウンセリングで開口一番に言われたのが、その言葉だった。

「それがきちんと自分でわかっていらっしゃらないと、ただやたらめったら探すことになって、結局、見つからない、見つかってもすぐにやめてしまう、ということになりかねないんですよ」

「あ」

ハローワークで、今日はただ、キャリアカウンセリングの予約をしていこうと思っていただけなのに、「予約は必要ありません、いつでも受け付けています」と言われてついその場で申し込んでしまった。三十分ほど待たされた後、四十代くらいの女性による面談が始まった。

「履歴書はお持ちですか」

「今日は……まだ、そこまで考えていなくて。今日、カウンセリングをしてもらえると思わなかったものですから」

彼女は嫌な顔一つせずに、琴子の経歴を聴き出し、パソコンに入力していった。

「ご結婚前は、銀座のデパートに勤務していらっしゃった。お仕事の経験はそれだけですね」

「はあ」

とても感じのいい女性だし、決して威圧感があるわけでもない。

けれど、たいした経歴がないと言われた気がして、自然と、視線が下を向いた。

銀座では一階のスカーフとハンカチの売場を担当し、売り上げ一位になった。夫ともそこで知り合った。近くの商社に勤めていた彼は、毎日一枚ずつハンカチを買いに来てくれた。売場の紳士用ハンカチの、すべての種類を一通り買い終わった頃、告白された。

しかし、そんなことは今言っても仕方ないだろう。

「何か、ご趣味や特技などはありますか。そういうものを生かして仕事を探される方もいらっしゃいます」

「……特にこれといって」

趣味は安い花を買って育てること。枯れた花でも立ち直らせることができる。でも、そんな仕事があるわけがないし。それから、金利の計算ならできる。もちろん、それ以上の経済のことがわかるわけじゃないけど。あと、家計簿をつけることならずっと続けてきた。

でも、それらはどれも、「キャリア」とか「特技」とか言えるほどのことではないように思えた。

どんどん声が小さくなってしまう。

「何もないのですが」

「でも、お子さんをお育てになって、家事や育児をしてきたんですよね？　それは大きなキャリアですよ」

やっと、顔を上げて、微笑むことができた。

「ありがとうございます。こんなおばあちゃんが働きたいなんて、おかしいですよね」

「とんでもない。そういう方、たくさんいらっしゃいますよ。ただ、ご自分の気持ちを整理した方がいいかもしれませんね」

彼女は、働きたい理由の例として、「人や社会の役に立ちたい」「技術を活かしたい」「趣味を活かしたい」「誰かを支援したい」「社会と関わっていきたい」「自己を磨きたい」「収入を得たい」などを挙げてくれた。

「他にもいろいろあると思います。もちろん、この中のことを複合的に考えていることもあるでしょう。もう一度、よく考えて、御厨さんのお仕事を探してもいいんじゃないでしょうか」

帰り道、琴子はカウンセリングでのアドバイスを一つ一つ思い出していた。

なぜ、お金が欲しいと言えなかったのか。

自分は案外見栄っ張りなんだなあ、としみじみあきれた。

正社員になりたいというわけでもないし、フルタイムで働きたいわけでもない。でも、お給料を月に三、四万もらえれば、ぐっと生活が楽になる。

そう言えたらよかった。

月数万の収入があれば、貯金に手をつけなくなるし、趣味の旅行や園芸にお金を使うことも躊躇せずにすむだろう。もっとも、園芸は見切り品を買って育てるくらいだから、たいしてお金はかからないが。

その上で、できたら、若い人の役に立ちたいなどと、心の奥底で願ってもいた。新しい人と触れ合えるのもいい。がんばって働いて、貯金を残すことができたら、孫たちのためにもなるだろう。

そんな職種って、結局、なんだろう。家政婦？　あ、今は「家事代行」と言うのか。決して、家事が嫌いなわけではない。けれど、仕事にするほど好きだったり、得意だったりするわけでもなかった。

しかも、この歳になって、やっと家族の世話を終えたのに、また始めるというのもちょっと気が進まなかった。同様に、介護や掃除の仕事もすごくやりたいとは思えない。やっぱり、できたら昔のような販売の仕事がいい。慣れているし、お客様と話すのは好きだ。

しかし、そんな願いは贅沢なんだろうか。

「私のような立場の人間が言うのもなんですけど、高齢の方はお知り合いからお仕事の紹介を受けることも多いですよ。周りにお仕事を探しているということを話されたり、相談なさったりしたらいかがでしょう」

ハローワークの相談員は、最後にそうも言っていた。

「まあ。でも、私の友達や家族で、仕事を紹介できるような人はいないと思いますよ」

話したのは安生だけだが、彼が仕事を探してくれるとは思えない。自分のこともおぼつかないのだから。

「そんなに決めつけないでください。意外なところから紹介されるということもありますから。こういうことは、履歴書の内容ではない、ご本人のお人柄を知っている方からのご紹介、というのが一番いいんですから」

あの人、あんなふうに言っていたけど、それは、体のいい追い出しの口実だったんじゃないだろうか。

琴子は大きくため息をついてしまった。

安生からメールが来た翌週、孫の真帆が遊びに来た。

真帆とはＬＩＮＥで連絡をとる仲だが、何気なく、「昨日は安生さんからメールが来たのよ」ということを書くと、「お祖母ちゃん、また、あんな男と付き合って！」と怒りの返事が来た。

——あんな男ってほどじゃないわよ。いい人よ。

——そんなことを言っていると、ケツの毛までむしられるよ。

——下品なことを（笑）。

——笑い事じゃないって。

しばらくしたあと、「明日、私が行くから！　騙されてないか、チェックしないと心配！」という言葉と、怒り狂ったイラストのスタンプが来た。

やれやれ、と肩をすくめる。

心配しているようなことを言いながら、本当に「ケツの毛まで」むしっていくのは、真帆の方なのだ。

彼女が一度家に来れば、昼ご飯はもちろんのこと、早めの夜ご飯も食べて帰るし、夫の分のおかずも包んで持って行く。冷蔵庫の中にある、作り置きのおかずも見逃さない。買い置きした果物や野菜、お中元、お歳暮でもらった品も残らずさらっていく。

食べ物だけではない。気がつくと、新しく買ったタオルやシーツ、足ふきマットまでも「お祖母ちゃん、これ、かわいいじゃん。ちょうだい」と持って帰ってしまう。一度など、琴子がまとめ買いした綿のパンツまで「これも」と手にしたので、「あなた、まだ二十代なのだから、それだけはやめなさい」と奪い返した。

嫁であり、真帆の母親である智子とも陰で、「佐帆と合わせて、さながらちびっ子ギャングだわね」と笑っていた。ちびっ子ギャングは当然のことながら、実家である智子の家にもたびたび現れているのだ。

とはいえ、琴子は口で言うほど嫌なわけではない。今後、貯金を使い果たしてしまったらどうなるかわからないが。かわいい孫と曽孫の顔を見られて、手持ちぶさたで暇な時間を楽しくつぶせるのだ。ありがたいことだ、とさえ思っていた。

まあ、その琴子の気持ちを真帆も察しているから、心おきなく、ギャングができるのだろうけれども。そんな孫たちのためにもお金が稼げればいいのだけど。

翌日の午後、真帆は佐帆を連れて現れると挨拶もそこそこに「ちょっと、お祖母ちゃん、いったい、その男になにを話したの？」と尋ねてきた。

貯金のことや母の家計簿について話した、働きたいことを相談したと言ったら、きつく怒られるぞ、ということは覚悟していた。

「利子のことなんか言ったら、貯金がどれだけあるか、すぐにわかっちゃうじゃないの」

案の定、まず利子のところで手厳しく注意された。さらに返す刀で、「お祖母ちゃんの貯金は一千万か」と笑った。

さすが元証券ウーマン、二％金利、三ヶ月で四万弱と言っただけで、素早く暗算したらしい。

「だけど、通帳や印鑑がどこにあるかなんていう話はしてないし」

「当たり前だよ。そんなこと話してたら、即引っ越しだよ！」

「そんな悪い人じゃないよ。真帆にも一度、紹介するから」

「別に知り合いたくないけど、お祖母ちゃんのためならね。うちの旦那も一緒に会わせて、こっちにもたくさん見張っている人間がいるんだってことをわからせないと」

見張りはともかく、同じ地域に住んでいる若者たちが出会うのは悪くないんじゃないかと思った。

「そうね、また、海外から帰ってきたら連絡する」

「まあ。まるで、ボーイフレンドみたいに言う」

にらんだあと、「でさ、その、家計簿のことってなんなの？」と尋ねてきた。

「あら、真帆には、私のお祖母ちゃんやお母さんの話ってあまりしてこなかったわね」

「聞いたことなーい」

そうだ。昔、智子には話をしかけたことがあるのだけど、どことなくうるさそうな、面倒くさそうな顔をしたので、それから身内に話すのはやめてしまったのだ。

じかし、考えてみれば、嫁の立場と、孫の立場は違う。孫なら、自分にもつながるルーツの話なのだから、聞いてくれるかもしれない。

「私のお祖母ちゃんや母はね、戦争中も家計簿をつけていたのよ」

ちょっと長い話になるわね、と断って話し始めた。

家計簿の歴史は一九〇四年、明治三十七年の、羽仁もと子氏監修、婦人之友社から出版されたものが最初である。羽仁もと子氏は雑誌「婦人之友」にも「家政問答」という読者の家計悩み相談のようなものを寄稿していたらしい。

琴子の母、牛尾みねは大正十三年生まれだから、それから二十年ほどして世に生を享けたことになる。だから、口癖が「あたしは大正の女なのよ」だったみねは、家計簿第一世代よりもさらに一つも二つも下の世代ということになる。母の母、つまり琴子の祖母は、女性雑誌「主婦之友」の愛読者で、みねもまた「主婦之友」派だった。

みねによれば、祖母は「羽仁先生はちょっとお厳しいお方だから」と言い、どちらかと言えば庶民的で、新しい主婦像を打ち出していた雑誌「主婦之友」を好んでいた。そして、主婦之友社が昭和五年に「模範家計簿」を出版すると、飛びついて買ったそうだ。それを「初版から」使っている、というのは、亡くなる直前まで家計簿を克明につけていた、彼女の自慢だった。

その後、みねが結婚し、家庭を持っても、主婦之友社の家計簿をつけるのは当然の習わしだった。それは「生活家計簿」と名前を変えながら、戦中、戦後まで続いた。

そんなことをざっくりと、孫の真帆に説明する。あまり古い話で、興味ないかもしれない、と思っていたが、彼女は熱心に聞いた。

「わかる！　少し前まで、節約雑誌は『サンキュ！』『すてきな奥さん』『おはよう奥さん』ってあってさ。ママは『すて奥』を時々買ってたけど、私はおしゃれな『サンキュ！』派なのよね。結局、『すて奥』と『おは奥』は休刊しちゃったけどね」

「女性誌は他に、戦後始まった、『暮しの手帖』とかもあって、『主婦之友』と『婦人之友』の販売戦争はなかなか激しい戦いだったのよ」

　そういう女性誌の話は楽しかったが、こうしていると、いつまでも肝心の家計簿の話にならないので、琴子は話を元に戻した。

「うちのお母さんは主婦之友監修の家計簿を愛用していたわけだけど、すごいのは、戦時中も家計簿の出版はあったってこと」

「ふーん」

　琴子が熱を入れて語ったのにもかかわらず、真帆は、ご飯を食べて寝てしまった佐帆の背中を軽く叩(たた)きながらうなずいただけだった。

　若い人にはそのすごさがわからないのだろうな、と思うけれど、少しさびしい。

「それって、大変なことなのよ。私だって戦中生まれだから当時の記憶はほとんどないんだけど、あれだけもののない時代に出版ってむずかしいことだったんだから。どれだけ家計簿が大切にされていたかってこと」

「私も学校で習ってるし、テレビとかで観てるから知ってるよ」

真帆は、琴子の剣幕に驚いたのか、苦笑しながら言った。

「家計簿は昭和十八年と終戦の二十年以外は続いていた。そして、終戦。日本はとんでもないインフレ時代に突入した。インフレというのはものの値段がめちゃくちゃに上がっていくこと」

「ちょっと前のデフレとは反対だね」

「五十円だったものが数日後には百円になるような時代。お金でものは買えなくて、着物と物々交換したり、闇市で買ったりね。そういう時代にも家計簿は細々と生き続けた」

「お金の価値がめちゃくちゃなのに、家計簿をつけるのはたいへんだっただろうねえ」

「母は終戦の年は手作りの家計簿をつけていたのね。見せてもらったことがあるけど、家計簿としての記述はあまりなかった。日記のように日々のできごとをこまごまと書いていたわね。厳しい生活の、心のよりどころになったんじゃないかしら」

終戦が発表された八月十五日からの数日間は、逆になんの記述もなかった。それがまた、母の混乱を物語っているようで、強く印象に残っている。

「さらに、終戦の翌年には、婦人之友『家計簿をつけ通す同盟』っていう運動が起きるの」

「つけ通す？」

真帆が笑う。

「それって、そのまんま」

「そうなの。そんな時代でも家計簿をつけ通し、それを提出してもらうことで、さまざまな統計を出しましょうという運動。おかげで当時の家計、いわゆるエンゲル係数みたいなデータは今でも結構ちゃんと残っているのね」

「時代がよくなっていくと、皆、家計簿をつけるのが少しは楽になったのかしら」

「と言うより」

琴子は真帆に向き直った。

「家計簿をつけていたから、なんとかなったんじゃないかしら」

「なんとかなった？」

「こんなことを言うのは大げさかもしれないけど、あの混乱時期に、家計簿をつけようとした主婦、つまり、それができるだけの教養と意思があった主婦が戦後日本の復興を支えたのではないかと思うのよ。もちろん、日本の復興には様々な要因があると、一般的には言われている。だけど、私は勝手にそんなふうに思っているの」

「なるほどねえ」

今日のお祖母ちゃん、なんだか熱いね、と真帆は笑った。

そこで佐帆が目を覚ましたので、働きたいと思っていることは話さずに、終わってしまった。やっぱり、孫に、「年金が少し足りないのよ」とは言えなかった。

「さあ、佐帆ちゃん、お祖母ちゃんのところにおいで」

抱き取った佐帆は湿っていて重かった。寝起きの曽孫は一瞬悲しげな澄んだ瞳で琴子を見た後、あああんと泣き出した。

「佐帆、ほら、お祖母ちゃんだよ、泣かないよ」

真帆は佐帆を抱き取ろうとしたけれど、琴子はそのまま、彼女をあやした。

こんなふうに、いつも彼女の重荷を取り除いてやれたらいいのに、と心密かに願った。

その時、ふっと心が決まった。

なんでもやってみよう。相談に乗ってくれた女性の意見には反するけれど、どうせ老い先短い人生、これから何年働けるかもわからない。やっているうちに自分にあったことがわかるかもしれない。

「すみません。御厨琴子さんのお宅でしょうか」

丁寧な声で電話があったのは、それから数日後のことだ。

「あの、僕、三田ですが」

「え？　どちらさまですか？」

「あ、すみません、コンビニの——、十条店の三田です」

一度面接に行った店の、三田店長からだった。声だけではとてもわからない。

「ああ、その節は、失礼しました」

コンビニで働く資格もないのに押し掛けて、彼の時間を無駄にしたのだから、失礼しました、というのが本筋だろう、と謝った。

「いえいえ。とんでもありません。御厨さんが六十代なら、こちらも喜んで採用させていただきたかったんですから」

たとえ、こちらがおばあちゃんでも歳を話題にされるのは、そうおもしろいことではない。一度、落とされたのだから、そのことは言わないでほしい。

「その後、お仕事は決まりましたか」

「いえ……まだなんです」

琴子はこれまでのこと、ハローワークに行ったり、カウンセリングを受けたりしたことを話した。

「でも、いろいろ考えて、なんでもやってみようと思っています。家事代行もお掃除も、一応、応募してみました」

琴子は自嘲気味に笑った。

「まあ、採用されるかどうかわからないんですけど」

「それは良かった」

「良かった、って」

「失礼しました。実は、今日はちょっとご相談があってお電話したんですよ」

「なんでしょうか」

「実はね、駅の南口の方にある、湊屋さん」

湊屋なら知っている。十条では戦後からずっと営業を続けている有名な和菓子屋で、商店街からは遠いのでなかなか訪れる機会はないものの、おつかいものにするときは、琴子も必ず湊屋を選ぶ。

「湊屋さんがついに十条銀座商店街の中に、支店を出すことになったんですよ。満を持してって感じですよねえ」

「へえ。そうなったら、いいわねえ。便利になりますね」

「店の前にお団子屋の屋台と、中にショーケースの売場があって、奥にちょっとした喫茶コーナーを作るらしいんです」

「まあ、それはずいぶん、豪勢な店だわねえ」

「それで、店の前のお団子屋に、ちょっと落ち着いた年齢の、まあ、つまりご年輩というか、高齢者というか、おばあちゃんを置きたいってことなんです」

「あら」

「この間、ライオンズクラブでちょっと話題になりましてね。湊屋さんが、意外にそれにぴったりの『おばあちゃん』がいない、って嘆いてたんです。こぎれいで、しっかりしていて、湊屋の看板娘になれるようなおばあちゃん……それを聞いて、僕、ぴんと来たんですよ。御厨さんならぴったりじゃないかって」

「え……でも、私なんか」

「いいえ、御厨さんなら絶対いけますよ。見た目もかわいいおばあちゃんタイプですし、経歴も申し分ない。実は、もう湊屋さんにお話ししたんです。そしたら、ぜひ、紹介してくれって」

「でも、あなた、あの時、私は若く見えるって言ったじゃない」

「いや、あの時は」

琴子の目に、三田が頭をかく姿が見えたような気がした。

「あれはあれ、まあ、その場しのぎ、と言いますか、ちょっと盛りました。でも、御厨さんなら大丈夫。六十五歳には絶対に見えますから」

「あなた、正直すぎるわよ」

「すいません」

三田は楽しそうに笑った。

「僕もなんだか御厨さんのことは気になっていて」

「どうしてですか」

「お歳は召していたけど、目がキラキラして、とてもやる気に見えたから。本当は御厨さんに、うちの店の早朝の掃除でもやってもらおうか、と考えていたんですよ。だけど、湊屋さんの方が重宝されそうだから」

連絡先を教えてもいいかと確認されたあと、電話は切れた。なんだか、決まる時はあっさり決まるものなんだな、と琴子は茫然としながら、受話器を置いた。

まだ採用されると決まったわけではないし、決まったとしても、そこでうまくやっていけるかどうかはわからない。

だけど、久しぶりに自分を必要だと思ってくれる人がいた。

それはあの時、ハンカチを買いに来た夫に、「僕と交際してください」と言われた時以来だった気がして、なんだか少し目頭が熱くなった。

第3話　目指せ！　貯金一千万！

スマートフォンで、自分の情報を次々と打ち込んでいく。

名前、住所、電話番号……何度もやっているから、最初の数文字を入れただけで、次々と予測変換で埋まる。一通りの個人情報を入れたら、あとはメールマガジンの配信や、ウェブ明細を希望するかどうかに答える。さらに引き落とし口座の口座番号を、財布から出したキャッシュカードを見ながら打ち込む。

最後に、夫の年収、現在の住宅状況（持ち家か賃貸か、社宅か）、借金の有無、預貯金額などを聞かれる。そこの部分は各クレジットカード会社によって少しずつ違う。

すべてを入力し終わり、「この内容で申し込みをしてよろしいですか？」という一回り大きなボタンをぽちっと押すと、すうっと画面が変わった。

――後ほど、確認のメールをお送りします。二十四時間経ってもメールの返信がない場合は下記の電話番号にご連絡ください。

チン、という小さな音とともに、確認のメールはすぐに来た。

あとは本人確認書類を送るだけだ。

ここで井戸（いど）真帆は、はあっと息を吐いた。ほぼ日課になっている慣れた作業なのに、やはり少し緊張していたらしい。

ごくわずかな間違いでも、ポイントがもらえなかったり、遅れたりすることがあるからだ。

真帆は肩をもんで首をぐるぐる回した。三歳の娘の佐帆がお昼寝している、だいたい午後二時から三時半までが、真帆の「プチ稼ぎ」や「ポイ活」ができる時間だった。「プチ稼ぎ」とは、インターネットを使った工夫や内職で小さな収入を得ることの総称だ。主婦が自宅で手軽にできるので、節約雑誌や主婦雑誌でよく見かける。

これで、月末までには五千円分のポイントがもらえる計算になる。

それだけあれば、真帆のおこづかいとしては十分だった。

けれど、今月はもう少し稼ぎたかった。来週、短大時代の友人たちで集まって、表参道のフレンチでランチをする予定がある。ランチの値段は三千八百円、飲み物とサービス料を入れたらもう少しかかるだろう。

着るものは昨年の秋にフリマアプリで、二千円で買ったワンピースがある。数シーズン前の品だけど、いちおう、大きなデパートには必ず入っているようなブランドのものだ。シンプルな茶色の小花柄で、真帆の茶褐色の髪によく似合うと親や夫の太陽に褒められた。

家族の中では真帆だけ、髪の色が少し茶色がかっている。中学・高校と教員にとがめられ、とても苦労したけれど、卒業してからは美容院に行かなくてもそこそこおしゃれに見えて助かっている。

あれはまだ、友人たちの前では着ていない。今回のためにピアスだけは新調した。これまた、素人が手作りのアクセサリーや雑貨を売っているアプリで、六百円のものを五百円に値下げしてもらい買った。バロックパールとゴールドのチェーンのピアス。昨年末大人気だったドラマの中で、主人公の女の子がつけていたものとよく似ている。真帆がつけると、髪の間からパールがゆらゆらのぞいて、かわいい。本物は三万円以上するからとても買えないけど。

真帆はもう少し、サイト内を見ることにした。

主婦がおこづかい稼ぎをするサイトはいくつもあるが、真帆が使っているのは、「プチピチウォレット」というところだ。その中だけでも稼ぐにはさまざまな方法がある。

ネット通販で買い物をする時に、一度、「プチピチウォレット」のサイトを通ると代金の一％ほどがポイントとしてもらえる。また、アンケートに答えてポイントをもらうのは最もポピュラーかもしれない。

他には、銀行や証券の口座、ＦＸ口座を作ることでより多くポイントを得ることもできる。

真帆が最近、よくやっているのがクレジットカードを作ってポイントをもらう方法だ。

それも、キャンペーンでポイントが高くなっている時をねらう。

だが実は、作ったクレジットカードを、真帆はほとんど使ったことがない。送られてきたカードはきちんと一ヶ所に置いておき、半年に一度くらい、まとめて退会して処分する。

カード利用者を増やすために、高いポイントを出している企業には申し訳ないが、子供が小さいうちに稼げる方法としては悪くない。

以前は、外貨取引、いわゆるＦＸの口座開設で稼いでいた。

証券会社は雨後の竹の子のようにたくさんできて、新規開設者をいつも募集していた。これらは五千円分から時には二万、三万円分と驚くようなポイントをつけてくれる。

ただ、条件が厳しく、口座に十万から三十万ほどの入金が必要だったり、そのお金で何度か実際にＦＸ取引をしたりすることが求められる。そういうポイントをもらえる実績を作ることは、サイト内では「権利取り」などと呼ばれていた。

証券会社にいたものの、真帆はあまり外貨取引には詳しくない。元上司の中には、それを「はっきり言ってギャンブルと一緒だ」と吐き出すように言って、自社で取り扱うことをいやがる人さえいた。真帆も、権利取りのためにどうしても取引をしなければならない時は冷や汗ものだった。一瞬で数万の損失を出してしまう可能性もあったからだ。

利益は出ないが、「売り」と「買い」を同時に入れて、すぐに両方とも売買し、手数料を捨てるつもりで取引の実績を作ったりした。

クレジットカードを作る場合はそこまでの緊張は強いられないが、数には限りがある。ほとんどの会社は新規申込者のみしか認めてないから、昨年から始めた真帆も、ポイントをつけてくれる会社を見つけるのはそろそろむずかしくなりそうだった。

他に、小さな子供がいながらできる稼ぎとしてやっているのは、ごくごく少額の株式取引と、フリマアプリで不要品を売ることくらいだった。

株の取引には、一日に五十万円以下の売買なら手数料がかからないS証券の口座を使う。比較的変動の少ない、株主優待銘柄を慎重に時期を見定めながら買って、数千円の利益が出たところで売るのだ。

ある程度確実に株価が上がるとわかっている、利益確定日の二ヶ月前くらいに買っておく。それでも下がってしまったら、利益確定日まで持っておいて、優待を受け取る。

その程度の取引なので、今のところ大きな損は出していない。

それでも、真帆は自分の稼ぎが株に偏ることがないよう、気をつけていた。

証券会社に勤めていたからこそ、株や投資に「絶対」はないということはよくわかっていた。実際一度だけ、保有していた優待銘柄が、急に優待を廃止したことで株価が大きく下がり、損失を出してしまったこともある。

独身ならともかく、子供がいて、夫が稼いだ金の一部を運用している立場では、貯蓄をマイナスにすることは絶対に避けたい。

真帆は自分のこづかいを五千円くらいと決めていて、月に数千円から一万円くらいもうかれば十分だと思っていた。余った分はこつこつ貯金して、非常時に備えていた。

おこづかいくらいは自分で稼ぐ。

決して、それを夫の給料から出すことがいけないと思っているわけではない。自分で稼いだ方が好きなように使えるし楽しいからだ。


消防士の夫、太陽の給料は、残業手当を含めても二十三万と少し。安定した職業ではあるが、決して多くはない。

真帆は毎月、夫の給料日の十七日、朝一番で銀行に行って、四万五千円を引き出す。その中から食費の二万円分と日用品代の五千円を全部千円札の新札に換えてもらい、家庭用のピンクの財布に、その両方を入れる。最近、都銀は口座を持っていても十一枚以上の両替に手数料を取るところが多いから、口座のある銀行を二行、三行とはしごしなければならない。それでも、自分用のお金と家庭用のお金はごっちゃにならないように分けていた。

このピンクのエナメルの財布は、高校生の頃、貯金とお年玉で買ったものだ。端が少しすり切れているけど、エナメルはまだぴんとしている。当時、欲しくて欲しくて、やっと買えた時は飛び上がって喜んだ。だから、リボンが付いたデザインはもう二十代の真帆にはちょっと子供っぽいとわかっていても、大切に使っている。

家に帰ると、二十枚の千円札を四千円ずつ五つの封筒に分ける。この一つを、一週間分の食費として使い、五週目に余ったお金は別に取りのけて、調味料費に使ったり、時には自分のこづかいの足しにしたりする。

太陽の月々のこづかいは二万円だった。少し前まで一万だったのだが、さすがに「たりないよ」と文句を言われて増やした。毎月、銀行からもらってきた封筒に入れ、佐帆と二人でシールを貼ったり、絵を描いたりして渡す。「お父さん、ありがとう」とメッセージも書く。

そして、それらの収支を家計簿に書き込み、ぱたんと閉じると満足感がぐっと胸にわいてくる。その表紙には「目指せ！　貯金一千万！」と大きく書かれていた。

その額は真帆が決めた。主婦雑誌で、第一子が大学に入るまでに「一千万を貯めよう！」という特集が組まれており、なるほど「大学入学時に一千万あったら安心だな」と納得した。

受け売りで決めた額でも、一度、家計簿に書いてしまうと、それは真帆の大きな心のよりどころになった。

それさえ叶えれば、将来の不安も少し和らぐ気がした。

毎月、きちきちで暮らしているようだけど、ボーナス二十八万を貯金すれば、年間百万を貯めることができる。残った分は旅行をしたり、家電を買ったりすることもできるので、そう不満はない。

でも、子供ができてから、旅行は近くの温泉に行くくらい、買い物もベビーベッドを買っただけだ。大きな出費はせず、ほとんどまるまる貯金していた。それもこれも、家計簿の表紙を見ると、簡単に耐えられる。

井戸家の月々の収支を書き出すと、ざっと次のようになる。

給料（手取り）二十三万円
家賃　八万八千円
食費　二万円（週四千円×五週）
雑費（日用品）五千円
太陽おこづかい　二万円
スマホ代（二人で）五千円
光熱費　一万円
保険料（太陽のみ）二千円
予備費、レジャー費など　二万円

貯金　六万円

家賃八万八千円、月々の積み立て預金六万円、光熱費などは引き落としだ。児童手当は別口座に入れて、そのまま全額貯金している。

あと一万多かったら、二万増えたら、と考えることもなくはない。佐帆が幼稚園に行くようになったら、仕事を再開し、幼稚園などの教育費にあてられるようにもう少しお金を稼ぎたいとは思っているが、今のところは、まあ、満足している。

給料日、真帆はハンバーグを作ることが多かった。

合い挽き肉に、よく水切りした豆腐を一丁と缶詰のコーンを入れてタネを作る。フライパンで両面を焼いたら、とろけるチーズを載せて、百円ショップで買ったレトルトのハヤシライスをソース代わりに注いで煮込む。

ハヤシのルウがたっぷりのデミグラスソースとなって、甘いコーンにチーズも載った、太陽が大好きな特製ハンバーグとなる。

その料理は、夫への何よりのねぎらいだった。

夕方、太陽は「ただいまー」と元気な声で帰ってくる。

その声がいつもより大きい気がして、真帆はキッチンで思わず、クスクス笑ってしまった。佐帆も意味がわかっているはずはないのに、母親の真似をして、手を口に当てて笑う。

「何？　何？　なんだ、なんだ？　なんで笑ってるんだ？」

真っ黒に日焼けした顔で自分も笑いながら、太陽は佐帆を抱き上げた。

「着替えて、手を洗って来て。今日はハンバーグだよ」

「ハンバーグだよ、とうちゃん」

真帆は佐帆に、「ママ」と呼ばせているが、太陽はなぜか「とうちゃん」と呼ばせている。それが、彼の昔からの夢だったらしい。

当の太陽は、両親のことを「パパ」「ママ」と呼んでいるのだから、おかしな話であるが、ペットの犬に「わさび」とか「小豆（あずき）」だとか、気取った和風の名前を付けるのと同じようなものかもしれないと真帆は考えている。

一周まわって、おしゃれ、みたいな。

抱き上げた佐帆を「うほっほー、うほっほー」と揺らしながら、上機嫌で洗面所に歩いて行く夫に、「もう、そのまま二人でシャワー浴びちゃったら？」と叫んだ。

「おー」と賛成でも反対でもなく、太陽がこたえる。

自分は幸せだ、と思った。

「うわー」

友人、小春の婚約指輪を見た時、真帆だけでなく、皆が思わず声を出していた。

表参道の裏通りにある、一軒家フレンチの土曜のランチタイム、三千八百円のコースに、真帆は発泡水、真帆以外の友人たちはシャンパンを飲みながら、小春の婚約を祝っていた。

その指輪はティファニーであつらえたもので、大きなハート形のダイヤモンドのまわりにぐるっと小粒のダイヤがあしらわれている。レストランのシャンデリアの下で、ぎらぎらと輝いていた。

「一・二カラットよ」

小春が、できるだけ平静な声を出そうと努力している声色で言った。

彼女の細い薬指からダイヤがこぼれ落ちそうに見える。

「なんだか、いくら？　なんて気安く聞けない感じね」

四人の中で、一番気性のはっきりした、いつもは誰よりもおしゃべりな奈美が微笑みながら（しかし、昔からの友人から見ると若干、苦笑も混じっている）言った。

「そんなことないけど」

小春はまた、鷹揚な微笑みを大きくして、答えなかった。

そうしていると、婚約発表の場に現れた芸能人のように見える。

「それ、幸太郎さんが買ってくれたの？」

郁乃がこれまたおそるおそる尋ねた。彼女は都内の小さな食品会社の経理部にいた。昔から、成績はいいが、大人しくあまり感情を表に出さないタイプだった。今は税理士の試験勉強もしている。

「うーん」

小春はこれまた細い首を横に曲げて、考えるとも答えを渋っているとも言えない表情を作った。

「よくわからない。聞いてないから。たぶん、彼だけじゃなくて、ご両親にも手伝ってもらったんじゃないかしら」

小春の婚約者は普通のサラリーマンだと聞いていた。しかし、親が千葉で大きな工務店を経営しているらしい。

短大を卒業して就職し、合コンで彼と「知り合ったのよ」と話していた時には、聞き流していた情報だった。

正直、その時には、身長だとか体重だとか、どこに勤めているだとか、顔立ちだとか、そういう本人のスペックの方を聞き出すのに夢中になっていて、両親が片田舎で工務店を営んでいるというところはろくに覚えていなかった。

しかし、結婚が決まったとたん、それがこうも大きな差になって現れるとは。

さらに小春の義理の両親は、豊洲に新しくできるタワーマンションの一室を、新婚夫婦の新居として用意してくれたのだそうだ。

「でも、親が出してくれるのはおうちだけだから、管理費とか積立金だとか、結構毎月、大変になりそう」

　とはいえ、それは真帆のアパートの家賃よりは安いだろう。それで、豊洲の一等地の、百平米以上の高級マンションに住めるのだ。

「ああ、あそこのタワーマンションか……もしかして、二億くらいするんじゃない？」

　不動産会社に勤めていて、物件に詳しい奈美が遠慮も何も脱ぎ捨てた声で言った。

　小春は短大時代、背が高くきびがらのように痩せていて、スタイルはいいものの、一重瞼の目立たない女子だった。しかし、デパートに就職し、外商部に配属されてから、がらりと変わった。

　良いスーツは彼女の身長を引き立たせ、細い目はメイクの力で海外のアジア系モデルのようになり、伸ばした髪が女っぷりを一段上げた。合コンで出会って、彼から強引に口説かれたと聞いている。

　結婚式は恵比寿の超高級ホテル、新婚旅行はイタリアに十日間の予定で行くそうだ。それもきっと、ビジネスクラスと超高級ホテルの豪華な旅行になるのだろう。

　真帆は、皆に気づかれないように、小さく何度も息を吐いた。

「ね、佐帆ちゃんは元気？　大きくなったでしょう」

前菜、サラダ、スープ、メインとずっと小春の婚約話に付き合ってきて、チキンのコンフィを食べ終わる頃、奈美が真帆に尋ねた。佐帆の成長が聞きたいというよりも、小春のプチセレブ結婚話から逃れたかったのかもしれない。

「大きくなったよ。もう三歳だしね」

真帆はスマートフォンで、佐帆が最近一番よく撮れた写真を表示して、皆に見せた。それは、先週の日曜日に写したもので、公園で佐帆がブランコに乗っていて、後ろから太陽が押している写真だった。

「おお、あの子が」

「こんなに」

小春は相変わらず、おっとりと微笑んで見ていたが（婚約してからというもの、真帆は彼女のこういう顔しか見ていなくて、本心がわからない）、奈美と郁乃は声を上げた。

「こんなに、ってどんなに、よ」

真帆が思わず笑うと、奈美が大きくため息をついた。

「あの日、ちっちゃいもみじみたいな手をしてた子がさ、こんな、ブランコに一人で乗れる物体にまで育ったって、なんか感無量でさ。その間、私は何をやっていたのか、と思うとさ」

そうだ、真帆が佐帆を出産した数日後、三人はそろって来てくれて、かわるがわる、佐帆を抱き、指を触ったり頬をなでたりしてくれたのだった。

「奈美は順調にキャリアを築いているじゃない」

彼女は今年、宅地建物取引士の資格、いわゆる宅建を取った。他にもインテリアデザイナーの資格を取ろうとがんばっている。将来はすべて自分でデザインしたマンションを造るのが夢だそうだ。

「しかし、太陽さん、相変わらず爽やかなイケメンだねえ」

郁乃はまだじっくりと写真を見ている。

「えへへへへ」

それだけは真帆も内心、自慢だった。

高校生の頃から付き合ってきて、お互い、初恋の相手と結婚した。消防士の彼は、今も毎日鍛えているから、体もがっちりしている。

佐帆も、鼻筋の通った太陽に似てくれたようで、二人の姿は食器洗剤のCMのようだった。

「真帆が二十三で同い年の男と結婚するって聞いた時は正直、どうして？　って思ったけど、こうやってかわいい子供がいるのを見ると、それも一つの選択なんだなって」

ね、と奈美と郁乃は目を合わせてうなずき合っている。

え？

真帆は今聞いたことがよくわからなくて、体が一瞬固まってしまった。

「そう。よく、決断できたなあって感心したよ、あの時は。でも、佐帆ちゃん見ていると、悪くないなって」

二人は素直に、本心から感心しているように見えた。

「仕事もすべてやめて、あの旦那、一本にかけるってことでしょ？　すごいよね」

皆、そんなふうに考えてたの？

真帆は自分が食べている、リンゴと杏のシブーストの味がわからなくなった。


真帆は、ダイヤモンドはごく小さな粒のネックレスしか持っていない。学生時代に、太陽がアルバイトで貯めたお金でプレゼントしてくれた。

小さなダイヤが三つ、流れ星のように連なったデザインだ。とてもかわいらしくて、もらった時は大喜びした。あの頃は、たいしてお金もないのに、高価なものをプレゼントしてもらっていたのだ。

真帆たちは、婚約指輪は買わなかった。

太陽にとてもそこまでのお金がないことはわかっていたし、ネックレスでダイヤはもらっていたから、それで十分だと思った。何より、会社の先輩から、「婚約指輪って、結婚するまでのわずかな時間しか着けないし、子供なんてできたら使わなくなるわよ」

というアドバイスを受け、もっともだ、と考えたのだ。

その代わり、結婚指輪をカルティエで買って、お互いにプレゼントし合った。シンプルなものだが、とても気に入っている。

しかし、目の前で、小春の大きなハート形のダイヤモンドを見たら胸がどきどきした。

正直、欲しい、と思った。

ちょっと着けてみて、ただそれがきらきらしているのをじっと見たかった。どこかに着けていって、「あら、それすてきねえ」と言われたかった。自分のジュエリーボックスに入れて、時々ながめたかった。

今までそんなこと、考えてもみなかった。宝石には興味がなかったし、忙しくてデパートにも行っていなかった。

人は実際、近くで実物を見ないと、欲しいという気持ちはわかないのだなあ、と改めて気がついた。

特大のダイヤモンドを見てしまうと、自分のネックレスはくずダイヤの寄せ集めのように思えた。小春の指輪の大きなハートのダイヤのまわりを取り巻いてるものより小さいのではないか。

今までそれは、真帆のとっておきのジュエリーで、大切な時にしか着けなかった。けれど、あの日フレンチレストランにしていかなくてよかった、と心から思う。小春の横で、かすんでしまっただろう。

そんな気持ちにはなったけれど、今の状況でダイヤモンドを買うなんて、いくらなんでも現実的ではないし、しばらくすれば忘れられるはずだ。

けれど、奈美や郁乃の言葉の方は、本当に痛かった。

二人はあの後続けて、「真帆が就職してすぐに結婚してあっさり仕事をやめたのには、びっくりした」と無邪気に言い放ったのだった。

そして、「私にはできない」「あたしだって、できないよ、まだやりたいことあるし、仕事も恋愛も」「やっぱ、すごいよ、真帆は」「あたしだったら、たぶん、もっといい人がいるんじゃないかな、って考えちゃう」と口々に続けた。

それは素直に感心しているようにも聞こえたし、小春の話の後では、まるで「あの安月給の旦那で、よく仕事やめられたね」と言っているようにも聞こえた。

真帆も「ちょっとー、それどういう意味よー」とか、すぐに言い返せばよかったのだ。そうすれば、彼女たちの真意もわかっただろうし、こんなにモヤモヤすることもなかった。

あれから真帆は、なんだかすっきりしない。友人たちが自分のことをそんなふうに考えていたのか、と知って。

小春の結婚話を聞いていて、真帆は自分の結婚した頃のことを思い出した。当時、抱いていた夢を。

真帆たちは新婚旅行で海外には行かなかった。格安航空券を使って沖縄に行き、本島を車でぐるっと一周しただけだ。

もちろん、安いけれどおいしいものをいっぱい食べたし、一日は海辺のホテルのコテージに泊まって、ロマンチックな一夜も過ごした。

けれど、本当は、真帆はハワイに行きたかった。

でも、あの頃は、太陽も就職したばかりで、そんなに長い休みは取れなかった。何より、これからの新生活を考えると、いっぺんにそんな大金は使えなかった。

それで、「いつかハワイに行きたい」というのは、真帆の漠然とした願いとなった。

ハワイは結婚当初の一時の夢であるだけでなく、よく主婦雑誌にも特集されていて、それを見る度（たび）に「いいなあ」と思う。

そういう雑誌をじっくりと見て、真帆は、ハワイはコスパがいい、と結論付けていた。

まず、インスタやツイッターに映（は）えるきれいな写真が撮れる。

第二に、有名で、皆が喜ぶお土産が買える。

そして、第三に（ある意味、何より大きな理由かもしれない）、適度にうらやましがられる。けれど、下手な恨みやそねみを買うほどの特別な旅行先ではない。

もちろんお金はかかるが、正直、たいして知られていない山奥の温泉宿とかマイナーなアジアのリゾートとかで何回かお金を使うくらいなら、思いきってハワイに行った方が、自分も満足、友人たちも満足、というわけだ。

白い砂浜で、ロングのサンドレスを着た若いママと小さな子供が、波とたわむれているような写真は誰が撮っても絵になるだろう。考えただけでうっとりする。

あとは海辺のレストランで朝食をとったり、安くてかわいい子供服を買ったりしたい。ハワイには、お手頃で日本にはないようなデザインの服がたくさんあるらしい。それから、話題のフードトラックで買えるガーリックシュリンプだとか、ハワイの揚げドーナツ、マラサダも食べてみたい。

免税店でルイ・ヴィトンの財布も欲しい。

これまた、主婦雑誌によく出ている。ヴィトンは高級ブランドだけど、カジュアルで長持ちするし、流行に関係なくずっと使える。真帆なら、一つ財布を買ったら、十年は使うと思う。決して高い買いものではないはずだ。

そして、あまり大きな声では言えないが、飽きてしまったり、お金がなくなったりしたら、質屋に入れたり、フリマサイトで売ったりできる。換金率が高いブランドだ。

真帆はずっと、そういう夢について考えるのをやめていた。日々の生活に追われて。

自分は何に、追われていたのだろう。

漠然と子供のために「一千万貯めたい」と思っているけれど、それでいいのだろうか。

今の生活をもっと楽しむ、という人生やお金の使い方もあるはずだ。

スーパーに行くのは週に二回と決めているが、カゴの中の品物が合計いくらになるか、いつも暗算している。ものの値段を見ずに、計画なしに買ったことはここ何年もない。大きなお金を使うことは、ほとんど、最初から諦めている。

佐帆も他の子供のように、スーパーでお菓子やおもちゃをねだることはなくなった。絶対に買ってもらえないとわかっているから。

そんな生活でいいんだろうか。

「何？　お姉ちゃん、結婚、後悔しているの？」

その週の土曜日、遊びに来た妹はストレートに尋ねた。

「そんなこと、言ってないよ。ただね」

「いや、実は私も、よく仕事やめたなーっていうのは思ってた」

「え」

「今時、結婚と同時に仕事やめる人ってめずらしいじゃん。少なくとも、子供ができるまでは続けるでしょ」

「それは……太陽が夜勤もある仕事で、時間を合わせるのが大変だったから」

思わず、口ごもりながら、結婚当初に皆に説明した理由をくり返した。

実は、真帆がやめたのには、妹の美帆にも他の家族にも言っていない理由があった。

本当は、証券会社のノルマがきつくて、客に営業したり、勧誘したりするのが嫌になってしまったからだ。

月末になると、数少ない自分の顧客に電話をして、「佐藤さん、ＭＭＦに百二十万あるじゃないですか。これ、オーストラリアドルにしません？　日本の自動車会社が出している債券を使ったファンドがあるんですよ。利率が五・五％もあるんです。今、オーストラリアドルはいい時期ですし……」などと言うのが、心からつらかった。自分に営業は向いていない、と入社後、すぐにわかった。

本当に利益の出るファンドならいいのだが、当時は超円高で、オーストラリアドルもアメリカドルも、買うには決していい時期ではなく、株価も低かった。

客もよくわかっていて、あまり乗り気ではなかったが、強引に口説いた。とにかく、自分のノルマを達成したかったのだ。必死だった。

銀行員が祖母に条件の悪いファンドを勧めていたことを責められない。真帆も同じようなことをしていたのだから。

仕事がつらいということは、当時、太陽だけには話していた。デートのたびに泣き言を言っていたら、「じゃあ、俺と結婚して、仕事やめればいいじゃん」とプロポーズしてくれた。

大喜びでOKしたはいいものの、「ノルマが厳しくて愚痴を言っていたら、結婚してくれた」というのはどこかさえないし、ロマンチックでもなかったから、誰にも言ったことはない。

「だったら、いいでしょ。太陽さんはそういうお仕事なんだから」

美帆は平然と言う。

「まあね。だけど」

「気にすることないよ」

結婚した理由がそれだけでないから、気になるのだ。

「それよりも、私、引っ越ししようかと思って」

「え」

美帆の顔を見直すと、照れ笑いのような表情を浮かべている。

「そうなの？」

「うん」

「どこに？」

「……このあたり……って言うか、十条？」

「そうなの⁉　でも、どうして」

美帆は少し視線をずらし、佐帆の方を見ながら話した。

「お姉ちゃんに言われたあとさ、いろいろ考えたんだよね。勉強もしたし……節約とか投資とかの講演会に行ったり、朝食会、まあ、勉強会みたいなところ？　そういうのに行ったりして」

「すごいじゃん」

「それでわかったんだけど、どこに行っても、だいたいお姉ちゃんと同じようなこと言うんだよね。固定費の見直し、とか、小さなお金を貯めていくこと、とか」

「え、そうなの？」

「そうだよ。私、こんなこと言ったらなんだけど、お姉ちゃんって結構すごいんだって思ったよ。お姉ちゃんの教えてくれることって、実は結構役に立つ、というか」

「何よ、めずらしく褒めてくれるね、今日は」

でも、嬉しかった。就職してからというもの、どこか、遠くに感じていた妹がそんなふうに褒めてくれて。

「とにかく、家を探してみようかと思って」

「すごく嬉しい。これからも会えるし、佐帆の面倒もみてもらえるし」

「それはちょっと勘弁してよ」

美帆は眉をひそめたが、すぐに笑顔に戻って、あははは、と笑った。

お祖母ちゃん。

商店街の中程の店先に、ちんまり座っている祖母を見ると、真帆は今でも少し涙ぐんでしまう。

「ばあば、だあ！」

立ちすくんでいる母親の気持ちも知らず、佐帆は大きな声を上げた。小さな指をぴんと伸ばして差し、「ばあば！　ね？」と真帆を振り返る。なんだか、とても誇らしげだ。

それは、いち早くひいおばあちゃんを見つけた自分に、だろうか。それとも、働いている曽祖母に、だろうか。

祖母が商店街の和菓子屋で働く、それも、店先でお団子を売る、と聞いた時、家族や親戚はいちようにショックを受けた。

たぶん、誰よりも驚いたのは、真帆の両親だったと思う。息子である真帆の父親は、話を聞いたあと、絶句してしばらく何も話さなかったそうだ。

しかし、一番ドライな美帆が祖母の家に行って一晩じっくり話をし、「大丈夫だよ。お祖母ちゃん、結婚前は銀座のデパートで働いていたんだって。だから、接客業はお手の物だし、元気なうちにもう一度働いてみたくなったんだって」と皆にＬＩＮＥやメールで報告してくれた。

それで、少しはほっとした。祖母が若い頃、デパガだったというのにはずいぶん驚かされたが。

真帆にとって、物心ついた時にはすでに、祖母は料理上手でしっかりもののお祖母ちゃんだったのだ。それ以前の、ましてや結婚前のことは想像もしていなかった。

しかし、考えてみれば、祖母にも二十代の頃があったわけで、美しい売り子として働いていてもおかしくはない。

だから、祖母の別の一面を知るよい機会にはなった。

けれど実際、店頭に三角巾をかぶった祖母がいるのを見た時には、真帆は声もなく泣いてしまった。

「ママ、どうしたの？　泣いてるの？」

佐帆が驚いているのを見て、慌てて涙を拭いたものの、あとからあとから涙がぽろぽろ落ちてきて困った。

祖母は、紺色の上っ張りみたいな、店の制服を着ていた。

そういうのを、真帆や美帆がアルバイトで着るならわかる。けれど、祖母が。いつもおしゃれで堂々としていて、世間ずれしていない、お上品な彼女が、安っぽい衣装を着ていることに衝撃を受けたのだった。それに、祖母の姿があまりにもか細く、おぼつかなく、なんだか、小さな子供の「初めてのお使い」を見たような気持ちになってしまった。

「まあ、真帆ちゃん、どうしたの。お客様がいるのよ」

祖母が優しく、けれど、りんとした声で言ってくれなかったら、そのまま、泣き続けてしまったかもしれない。

今では、週に三回、土日と水曜日に働いているのを知って、時々遊びに行くほど慣れたけど、それでもまだなお、その姿を遠くから見ただけで胸をつかれる。

「あら、真帆ちゃん、佐帆ちゃん」

祖母はにっこり笑って迎えてくれる。

「お祖母ちゃん、お休み時間、ある？」

「二時からよ」

「私、それまでお買い物してくるから、お茶でも飲まない？」

「いいわよ。じゃあ、その頃、あのコーヒーショップでね」

真帆と佐帆が一通りの用事を済ませて、コーヒーショップに行くと、祖母は制服も三角巾も取った姿で待っていた。

目が輝いているし、頰がつやつやしている。なんだか、控えめに言っても、「元気になっている。

「お祖母ちゃん、どう？　疲れてない？　大丈夫？」

それでも心配で、つい、尋ねずにはいられない。

「ぜんぜん。座っててもいい接客業だから、らくちん、らくちんよ」

聞けば、現在は見習いということで時給は九百円だが、来月から千円になるらしい。

「座って、にこにこして、お客さんが来れば話せばいいんだもんねえ。私は夕方には帰るから、面倒なレジ締めとか日報とかないし、本当に楽。こんなんでお金もらって申し訳ないくらい。帰りにあまった和菓子やお稲荷さんももらえるしねえ」

祖母以外に、もう二人、おばあちゃんが雇われていて、かわるがわる、働いているらしい。

「今度、また、家に遊びに来てよ。店でもらった、賞味期限切れのおかきがたくさんあるから」

「うまくいってそうでよかった」

真帆はほっとしながらも、祖母が働くと決まった時の、御厨家の騒ぎを思い出すと、一言付け加えずにはいられなかった。

「お父さんはまだ受け入れられていないみたいだけどね」

自分に黙って仕事を決めた、と父はまだ怒っていて、「商店街の中でいい歳をした親が店に立つなんて恥ずかしい」とまで母に言ったらしい。

「何よ。私がデパートで働いていなかったら、お父さんと結婚もしていなかったし、あの子も生まれていなかったのに、今さらねえ?」

「まあ、それでも、やっぱり、嫌なんじゃないの？　お父さんとしては」

祖父母のなれそめは、祖母が働くようになって初めて聞いた。それで、彼らが当時はめずらしい「恋愛結婚」だったということも知ったのだ。真帆はなんだか嬉しかったが、父にとっては、それとこれとは別だということらしい。

「お祖母ちゃんはさ、結婚する時に仕事やめたんだよね？」

ふっと尋ねてしまった。

「もちろん」

「後悔しなかったの？」

「そういう時代だったから、結婚しても働くなんて考えてもみなかったのよ。上司に『結婚します』と報告するのは、イコール『やめます』ということだったから」

「そうだよねえ」

うなずきながら、ずるずるとアイスコーヒーを飲むと、自然に目線が下がった。

「なあに、なんか、あったの」

「……実はね」

真帆は一連の、友人たちとの会話と、小春の結婚について説明した。

「なんかさあ。いろいろ考えちゃって」

「いろいろっていうのは、自分の仕事のこと？　それとも小春さんの結婚のこと？」

「両方かな。あんな、なんでもそろった結婚もあるんだなあ、ってびっくりしたこともあるし、友達が私の結婚のこと、そんなふうに考えていたんだなあっていうのもある」

真帆はそこで、自分でも認めたくなかったことをつぶやいた。

「きっと、あそこにいた人たち、皆、私と小春のこと、比べたと思うんだよね。結婚で、というか、相手で女はこんなに変わるのかって。片や、豊洲のタワーマンション、片や、十条のアパート」

「そんなふうに言うもんじゃない。太陽さんはいい人だし、佐帆もよく育っている。真帆は幸せだと思うよ」

もちろん、そんなことはわかっている。わかっていて、何か切ないのだ。

「この間、羽仁もと子先生の家計簿の話したじゃない？」

「あ、お祖母ちゃんのお祖母ちゃんが『厳しい人だ』って言っていた人ね」

「そうよ。でも、羽仁先生が言われたことにはたくさんすばらしいことがあって、その一つが、家計簿で計画や予定を立ててること」

「家計簿で計画？」

「そう。先生は、家計簿っていうのは使ったお金を書くだけじゃなくて、予定を立てることが大切なんだ、っておっしゃってたのよ。今月、いくらお金が入ってきて、いくら出ていくか。その中で自分が使えるお金はいくらなのか、っていうことを把握しておくことが重要なんだって」

「へえ」

「真帆は、私と違って、ある程度計画が立てられるでしょ。少なくとも、佐帆が就職するくらいまでの予定ははっきりしているじゃない。だから、これから二十年先くらいまで、いつ、どこで、どのくらいお金を使うのか、予定を立てたらいいと思うの。そして、どのくらい必要なのかもう一度よく考えたら？　そうしたら、いたずらに不安になったり、他の人と比べたりしなくなるかもしれない」

「うん」

力強いアドバイスだったから、かえって些細(ささい)な言葉に、引っかかった。

「私と違ってって……お祖母ちゃんはこれからの人生、予測不可能ってこと？」

「だって、そうじゃない？　明日ぽっくりいくかもしれないんだもの」

祖母はいたずらっぽく笑ったが、何か納得がいかなかった。

「明日ぽっくりなら、逆にお金使わないじゃない」

彼女は小さくため息をついた。

「……実はね。お祖母ちゃんも、これからのこと考えて、ちょっと不安なの」

「え？　どういう意味？」

昔から祖母はいつも落ち着いていた。すてきな一軒家に住んで、良い家具や食器を持ち、家計簿もつけてちゃんと暮らしていた。何か、祖母は「普遍的な存在」として、御厨家や真帆の近くにいつもいるような気がしていた。真帆の自慢で、あこがれのお祖母ちゃんだった。

「これからどれだけお金がかかるかわからないし、ね。年金も、お祖父ちゃんが死んでから減ってしまったの。貯金はないわけじゃないけど、それを取り崩して使ってしまったら、介護が必要になった時、困るでしょ」

「もしかして、だから、仕事始めたの⁉」

「それだけじゃないよ。もちろん、もう一度仕事をしたいって気持ちもあったの。だけど、少しお金が足りないっていうのも、本当」

なんと言葉をかけていいのかわからなかった。

「でも、真帆ちゃんに話せてよかった。家族には誰にも言ってなかったから。いつか誰かに手伝ってもらうことがあるかもしれないけど、できるだけ一人でやりたいの。だから、真帆ちゃんのお父さんやお母さんには言わないでくれる？」

「わかった……だけど、そのうち話した方がいいよ」

「ちゃんと自分で言うようにするわ……それに、言うほどお金がないわけじゃないのよ。まだ大丈夫」

確かに、前に貯金の利率の話をした時、一千万ほどの貯金がある、という話をしていた。それだけのお金があるのは確かなのだ。

「わかった。あたしも、できるだけ応援するからね。手伝えることがあったら言って」

「仕事が楽しいし、毎日、幸せなのは真実だからね」

最後に祖母がそう言って見せた笑顔は本物に見えた。

その電話は夜遅く、かかってきた。

朝が早い真帆たちは、夜十時には熟睡してしまう。太陽の方が先に飛び起きた。彼の気配で、真帆の方も目が覚めた。

「俺じゃないよ」

スマートフォンを見た太陽が、寝ぼけた声でつぶやく。

「え？」

着信はバイブレーターにしていた。夜中の電話といったら太陽の方と決まっているから、自分のが鳴るとは考えてもいなかった。驚いて枕元を探る。

画面に出ていた名前は「小春」だった。

「真帆？」

電話口の向こうから女の泣き声が聞こえて、さらに驚く。

「小春？」

「ごめんなさい、ごめんなさい」

「なあに？　どうしたの？」

小春は泣きながら、今から家に行ってもいいか、と尋ねた。

「いいけど……一人なの？　どこにいるの？」

「今、銀座にいる……タクシーに乗るから。ごめんなさい」

起き出して、パジャマの上にカーディガンなどを羽織っていると、「大丈夫か」と太陽がつぶやいた。

「小春、なんかあったみたい。これから来るって言うけど、ドアを閉めておくから、気にしないで寝ててね」

真帆と太陽の間に寝ている佐帆が目覚めなかったのは幸いだった。

んー、必要だったら、起こしていいからね、と言いながら、太陽は布団にもぐりこんだ。

真帆の家は、玄関から入るとすぐにキッチンと食卓のテーブルがある。そこで話すしかなかった。小春が住むというタワーマンションに比べたら……と考えると、恥ずかしいが、仕方がない。

春といってもまだ冷える。石油ストーブをつけ、熱い紅茶を淹れて待っていた。

ドアを控えめにノックする音が聞こえた。開けると、赤い目をした小春が立っていた。

「どうしたの？　大丈夫？」

「うん」

タクシーの中で落ち着いたのかもしれない。少し恥ずかしそうに笑った。

「何があったの？」

テーブルにつくと、彼女は大きなため息をついた。

「あのね、あたし、結婚、やめるかもしれない」

「え？」

小春は、真帆が淹れた紅茶を飲んだ。

「すごいこと、わかったの」

何かとんでもないことを聞かされそうで、ぞくぞくする。

「あたしね、知らない間に、高額の保険金をかけられそうになってたの」

「どういうこと？」

小春の話によると、婚約してすぐ、印鑑やマイナンバーカードを預けさせられた。

そして今夜、銀座の料亭で、向こうの両親とともに食事をした時に、婚約者と義父母を受取人とした、保険の書類にサインをさせられそうになったそうだ。保険料の支払いは義父母がするらしい。

「高額って、いくら？」

見えた。

小春の左手の薬指がキラキラ光って、それは一億という数字と重なり、まがまがしく

「一億ぐらいかな」

「ええー。でも、それは、小春のためかもしれないよ。高額の保険金っていうと『保険金殺人』とかさ、よくないイメージもあるかもしれないけど、結局は今後の保障だから」

「彼のお母さんもそう言うの。ほら、タワーマンションも買ってくれたしね。あの人たち、商売をいろいろしてるから、何かあった時のために保険に入るのは普通だって言うの」

「そうなんだ」

「だけどね。じゃあ、幸太郎さんも保険に入っているんですか、って聞いたら、もちろん入ってるの。だけど、その受け取りはあたしじゃないって言うの。結婚したらその受取人にしてくれるんですか、って何気なく尋ねたら、ひどいことを言う嫁だって怒り出したの。おかしくない？」

「……なるほど」

相手の親のことだから、あまり悪くも言えない。けれど、小春の気持ちもわかる気がした。

「上品なお母さんなのに、急に人が変わったみたいになって……あたし、すみません、って謝ったんだけど許してくれなくて……彼もぜんぜん味方になってくれなくて知らん顔なの。そのまま、店を出てきちゃった」

「そうだったの……」

「ねえ、義理の親ってそういうものなの？　あたし、真帆なら保険とかにも詳しいし、結婚もしているから、教えてもらえるかなって」

「うーん、それは家によっても違うし、一概には言えないなあ」

「じゃあ、真帆、どう思う？　あたし、結婚しても大丈夫かな」

返事に窮した。正直に言うと、そのくらいのことなら、婚約を破棄するところまではいかないのではないか、とも思った。

婚約者の両親が小春に多額の保険金をかける理由はよくわからないが、そういう家庭もあるかもしれない。さすがに嫁を殺して保険金を取ったりはしないだろうし。

ただ、嫁を婚家の従属物のように思っていることと、彼が自分の親を前にして小春をかばってくれない、というのが気になる。

しかし、ここで明確に反対できるほどの確証もない。

「……幸太郎さんとよく話し合ったら」

結局、通りいっぺんのことしか答えられなかった。しかし、それ以上に大切なこともないような気がした。

「小春が、幸太郎さんのご両親の話を聞いてどれだけ驚いたか、とか、どういうつもりなのか、とか、親とケンカした時は味方して欲しい、とかさ。言いたいこと、全部言ってみたら？　小春の気持ちを理解してくれない人なら、考え直せばいいでしょ」

まだ、彼の気持ちはわからないのだ。もしかしたら、小春が味方して欲しいと思っていることに気づいていないだけかもしれない。

「真帆の時はどうだったの？　迷いとか、ケンカとかなかったの？」

「私は付き合いが長かったし、向こうの親とも高校時代から知り合いだったし……」

「ああ、ねえ。うらやましい」

驚いた。プチセレブ婚の小春が、真帆をうらやましがっている。

「でも、私だって、結婚で、いろいろ迷ったことがないわけじゃないよ」

「そうなの⁉　真帆はずっとラブラブなのかと思った」

「私だって、いろいろあるよ……例えばさ、私ね、結婚を決めたの、仕事をやめたかったからなんだ。実は皆には言ってなかったけど、あんまり会社でうまくいってなかったの。証券会社のノルマがこなせなくて、それを愚痴ったら、太陽が『結婚しようか』って言ってくれて。だから、小春の方がずっとラブラブだよ」

「まさか」

思わず、顔を見合わせて笑ってしまった。

「真帆はいつもどっしりしていて、幸せそうで盤石だと思ってたから、あたしの結婚なんて、おままごとみたいでバカにしているのかと思った」

「そんなわけないよ。私は小春がうらやましいよ」

ふっと祖母の笑顔がよみがえった。

「どんな人生も、絶対盤石なんてことはないんだよ」

「そうかもしれないね」

しばらく話して、小春は帰っていった。

マグカップを洗っていると、太陽が起きてきた。

「ごめんね、起こしちゃった？」

「いや」

「聞いてた？」

「うん。ちょっと聞こえた」

太陽は、カップを洗っている真帆を後ろから抱きしめてくれた。彼の顎が頬に当たる。

「愚痴ったからじゃないよ」

「え？」

「俺が、真帆にプロポーズしたの。愚痴を聞いたからじゃない」

「でも、あの時は」

「ずっとプロポーズしたいと思ってたけど、なかなかできなくて、そこに真帆が愚痴ってくれたから、それに乗っかったんだ」

「本当に？」

「うん」

それだけ言うと、彼はさっと離れた。

「おやすみ！」

照れたのか、すぐに寝室に戻っていった。

だけど、真帆は、なははは、と笑いがこぼれてきた。

もう、こういうところ、優しいんだから……。

誰かに、ちょっと自慢して、のろけたくなった。

第4話　費用対効果

小森安生は小さな漁港の船着き場で、海に向かって煙を吐いていた。

「もう飲まないんですかあ」

後ろから、若い女の声が聞こえて、振り返るか振り返らないかのところで、どさりと背中にぶつかるような衝撃があった。柔らかくて温かくてよい匂（にお）いの女が自分に抱きつくという、なかなかに刺激的なシチュエーションなのだ、とすぐに気がつく。

早朝、水揚げされたサンマを加工して、段ボール箱につめて出荷する工場の住み込みアルバイトを数日前からやっている。

サンマ漁はまだ始まったばかりで今日は漁獲量が少なく、午後三時には作業が終わってしまった。そのまま、海のそばに建てられている寮で、季節労働者たちの酒盛りになっていた。

「おいおい、れなちゃん、酔ってるの？」

「酔ってまーす」

はたちそこその大学生で、手足ばかり長く、ふわふわした茶色の髪が魅力的な女だった。名前をどんな漢字で書くのかは知らない。

華やかな容姿で、服や話しぶりからも裕福な家の子だということはわかった。しかし、一日の終わりには背中がきしみ、体に生臭いにおいが染みつく、きついバイトに身を投じているのは、普段の生活にどこかものたりない、満たされない何かを抱えているのだろう。安生はそういう女の子をこれまでにもたくさん見てきた。

からみついている手を上手にほどき、邪険にならない程度に、自分から離す。

「はははははは」

意味もなく笑うのも忘れない。

「飲まないの？　十分飲んだよ。小森さん」

「もう、小森さんはおじさんじゃなーい。おじさんは酔いましたよ」

「ははははは」

「小森さんはおじさんじゃなーい。青春とは人生の期間でなく、心の様相を言うのだ」

ウルマンの詩だとはわかってても、どうせ大学の授業で聞いた、青春を語るなら年金なんて受け取るなよ、と言いたくなるようなジジイ教授の受け売りなんだろ、と心は冷え切るばかり。相手にならないように笑って無知なふりをする。

「心の様相もおっさんですよ、僕は」

なんたって、そろそろ四十、と重ねてつぶやく。

彼女は安生の唇に差し込まれていたタバコをそっと引き抜き、自分のそれにくわえた。

「おいしい」

目を細めて言う。

あー、もうそういう据え膳みたいの、いいかげんにしてほしい。

とはいえ、昔なら確実にそのままベッドに連れ込んでたなあ、と思うと、そう冷たくできない。

「小森さんて、他の人とちょっと違いますよね」

「何が？」

「考え方とか雰囲気？　がっついてないって言うか？」

「おじさんなんだよ」

そんな昔のことじゃない。つい二、三年前までだ。

さまざまな季節労働のアルバイトを転々とし、その先々で気の合った女の子とつかの間のカップルになる。

そんな生活を、彼女がいながら、十年近くやっていたのだ。本木きなりと本格的に付き合うまでは。

「小森さん、彼女いるの？」

いるよ、と答えて、彼女をまくのは簡単だが、どこかそれをしたくない自分がいた。

そうじゃないいんだ。彼女がいるからじゃなくて、そういうことはもうしたくなくなっているんだ。

けれど、うまい拒絶理由が探せなかった。

「いるけど……」

実際、いるわけだし。

きなりとはここに来る前、少し変な感じになったけど、たぶんまだ付き合っている。

「……私、安生と結婚したいの、というか、子供が欲しいの。最悪、子供だけでもいい。安生はまあまあいい大学出て頭もいいし、顔も好きだし、性格も優しいでしょ。遺伝子としては悪くない」

きなりらしい、ストレートな言葉だった。

遺伝子ねえ。

きなりとはくっついたり、別れたりしながら、もう十年近くの付き合いになる。初めて会った時には、この、れなという女と同じくらいの歳だった。

三十過ぎの女がそろそろ子供が欲しいというのは当然だろう。

しかし、きなりと知り合った頃、遺伝子を要求される仲になるとは思いもしなかった。

正直、大学生で若くて、後腐れない付き合いができる女だと思ったのだ。すでに二十代が終わりかけていた安生に、同年代の女は重かった。

彼女と出会ったのは、インドのバラナシ、ガンジス河近くの宿屋だった。

当時の安生やその周りの旅行者たちは、皆、毎日同じような日課を過ごしていた。

鐘と祈りの声で目が覚め、そのまま暗い路地を通ってガンジス河に下りていき、チャイを飲みながら朝日を拝んだ。そのままなんとなく河を眺めた後、宿に戻って朝食を食べ、昼頃まで他の旅行者としゃべり、トランプをする。夕方になるとまた河に行ってチャイを飲み、宿に帰って夕ご飯を食べながらまたしゃべる。

そんな日々を何ヶ月も送っていたところに、きなりがやってきた。

「こんな、非生産的な毎日でいいんですか！」

彼女はインドに着くと、エネルギッシュに旧跡をめぐった。そして、安生たちを宿で見つけるといつもそう言った。怒っていないし、笑顔なのだが、声がでかいので怒鳴っているように聞こえる。

彼女も観光が終わったら、おしゃべりする仲間になるか、ここを出て行くだろう、と安生は思っていた。ここに来る人は皆そうだから。

しかし、彼女はそのどちらにもならず、一通り旧跡を見学した後、二まわり目を始めた。そんな人間はほとんどいない。

つまり、インドの雰囲気は気に入ったが、皆とだらだらする気はない、ということだろう。

変わったやつだ、と思った。

そして、ある日、ふと思いつきで「カトマンズに行かないか」と誘うと、素直に嬉しそうについてきた。

きなりはインドやバラナシを気に入ったわけではなく、安生を気に入ったようだった。その後もしばらく適当に会っていたが、数年くらい前から、記念日には祝い合い、お互いの家を行き来するような仲になった。

その女が遺伝子を要求している。

誰でも歳はとるのだ。

しかも、その理由はあれだ、御厨琴子とその孫のせいなのだ。

あの、上品な御厨のおばあちゃんに、「最近、若い女に誘われても、セックスしたくなくなっちゃったんですけど、どうしたもんですかね？」と言ったら、どんな顔をするだろうか。

安生はそれを思いついて、ふっと笑ってしまった。

「あー、小森さん笑ってる。れなのことが、おかしいんですか？　あたし、何か変なこと言いましたか？」

れながたどたどしい口調で言った。

いや、今の話の流れだったら、そこは「あー、彼女のこと、思い出しているんでしょ」と言うところだろ、とつっこみたくなる。

けれど、れなは自分のことしか考えられないくらい、若いしモテてきたんだろう。

隣の若い女がこれまでにも増して、うっとうしくなった。

しかし、御厨のおばあちゃんなら、眉一つ動かさずに「ああそれはねえ、そういう年頃なのよ、ちゃんとお医者様に診てもらいなさい」とか答えそうだな、と思ったら、さらに笑えてきた。

「どうちましたか？」

「いや」

実際以上に酔ったふりをしている女に、説明するのも面倒で、ついその細い手首を握ってしまった。


ここに来る少し前、御厨のおばあちゃんの孫の、井戸真帆の家へきなりと一緒に行った。

御厨のおばあちゃんこと、御厨琴子とは、ホームセンターで出会った。売れ残りでセールになっていた、見切り品のヴィオラの苗を半分こしてから仲良くなった。家が近いので、季節労働や海外に行っている時は、庭の水やりや家の空気の入れ換えを頼んでいる。きなりにお願いしてもいいのだが、彼女も仕事がら家を空けることが多いので、気を遣わせたくないのだ。

そうしてご近所づきあいを続けていたら、最近、「今度、うちの孫の家に遊びに来ない？　彼女もあなたに会いたいって言っているの」と誘ってくれた。

その孫が独身なら大喜びなのだが、夫と娘がいるというではないか。

しかも夫は消防士、公務員。真っ黒に日焼けしてがたいのいい、真面目な二十九歳。そして、写真で見ても、十五年後にもう一度会いたいと思えるほどの美少女、三歳の娘。

そんな満点家族の家に、どのつら下げて行けばいいのか。

つい、彼女のきなりを誘ってしまった。たまたま、一緒にいる時におばあちゃんからのお誘いのＬＩＮＥがきたので見せたら、「行ってみたい、琴子さんにも会ってみたい」と言ったし。

きなりはちゃんと大学を卒業し、大手旅行会社に入った。五年ほどで退職し、旅行を中心にさまざまな記事を書くライターになっている。たいして売れなかったらしいが、『女ひとり、住むリゾート』という著作まであるのだ。

そんな仕事をするくらいだから社交的だし、井戸家でも気まずくなることはないだろうと誘ったのに、結果はそれ以上だった。

井戸真帆とすっかり意気投合し、旧知の仲のように仕事のこと、旅行のこと、はてはギャラや老後の生活設計までぺらぺら話していた。

「ハワイに行きたいの？　なら、家族でのんびり泊まれる貸別荘を知ってるから、紹介するよ。ワイキキからは少し離れているけど、ショッピングセンターが近いし、その分、値段も安いの」

「えー、嬉しい。でも、うちはたぶん、向こうで三泊くらいしかできないの。それでも、大丈夫かな?」

「本当は最低一週間からだけど、オーナーが知り合いだから交渉してあげる」

「……私たち、英語できないんだけど」

「大丈夫、大丈夫。オーナーの奥さんは日系三世だから片言の日本語ができる。予約は私がしてもいいよ」

「ひゃー、何から何まで、ありがたいなあ」

お互い、この人は話せる相手だ、とすぐにわかったらしい。

「きなりさんみたいな仕事の人って、福利厚生はどうなっているの?」

きなりが公務員の生活について質問した後、逆に真帆が尋ねた。

「私はフリーランスじゃない?　退職金もないし、年金も国民年金だけだから、ちょっと不安なわけ」

「うん、うん」

「だから、年金はiDeCo(イデコ)(個人型確定拠出年金)にしていて……」

「あ、知ってる。あれ、公務員とかもできるようになったんだよね。ちょっと気になってたんだ」

「絶対、おすすめ。所得控除の対象になるから」

「なるほど」

「退職金は、小規模企業共済っていうのを積み立てているの。これも所得控除になって、少し利率もいいんだ。自分で自分の退職金を作るって感じね」

「へーそういうの、あるんだ」

「今はどちらも上限いっぱいまで積み立ててる。フリーは不安定だから、いつまでこれができるかわからないけど、できる間はがんばろうと思って。だから、私、ちょっと自分の老後が楽しみでさえあるの」

「それはいいわねえ」

若者たちの会話を、嬉しそうににこにこと聞いていた、琴子までが口をはさむ。

「老後のことはやっておいて、やりすぎるってことはないわよ」

そうだろうか。今お金を使わずに、将来、後悔することはないのか。いつまで生きられるかわからないのに、死ぬ間際にやっぱり浪費すれば良かった、と思うことはないのか。

心の中で考えながら、そんなことはおくびにも出さず、安生もにこやかに聞いている。

ちなみに安生は、確定拠出年金や共済は元より、国民年金保険料さえいっさい払っていない。国民健康保険も切れている。

「こんなしっかりした人が安生さんのそばにいるなんて、なんだか、嬉しいわ、私」

琴子は目を細めていたけど、安生だって、きなりがそこまで老後のことを考えていたなんて初耳だった。

「それで、元証券ウーマンの真帆さんに相談なんだけど、イデコは、自分で投資先を決められるのね。今は半分を現金で貯金、四分の一をインデックス型のトピックス連動の投資信託、四分の一をやっぱりインデックス型の海外株式投資信託にしているんだけど、どうかな？　もっといい投信があれば変えてもいいし、もう少し、投資の割合を増やしてもいいかと思ってるんだけど」

なんだよ、インデックスって。英語なら索引とか見出しの意味だろう。でも、今話しているのは違うんだろうな。トピックスって、なんかのまじないか。

「長期投資なら、手数料の少ないインデックスファンドが一番だと思う。とにかく、手数料が少ないのを選んで、複利にするのが絶対おすすめ」

「それはもうしてる」

「さすが、きなりさん」

すると、女二人は、イエーイと言いながら、アメリカの野球選手のようにハイタッチした。

なんだ、なんだ、複利って。そこまで喜び合うことなのか。

「割合はどうだろう。きなりさんの歳なら確かに投信の割合がもっと高くてもいいと思うけど、こればかりは自己責任の世界だから、私には決められないよね。でも、きなりさんが年金を受け取るまで、まだ、三十年くらいあるでしょう？　私ならもっと増やすかな。現金で貯めるのは五十代になってからでも遅くないし。あと、トピックスを減らして海外を増やしてもいいかも」

自己責任って。怖い世界の言葉にしか聞こえない。

きなりも安生と話している時よりいきいきしているようだ。長い付き合いで、最近は無言のまま食事をすますこともあるくらいだから。

二人が交わす、呪文のような言葉の数々は、もしかして、誰でも知っていることなのか。安生が表面は平静を保ちながら、内心はかなり焦って、きょろきょろしていると、真帆の夫の太陽と目が合った。

真帆の家は、小さい台所に二部屋の2K。その狭い台所の横のテーブルに、お隣から借りてきたという椅子を加えて大人五人が座っている。質素な生活には共感するも、隣の太陽と肘が当たりそうなくらい近い。

「安生さん、タバコ吸いたいなら、ベランダで吸えますよ」

またこれが爽やかな笑顔で助け船を出してくれる。

「え、安生さん、吸うの？」

真帆が諸悪の根源を見つけたような表情で驚く。

「いや、時々……」

「そうなの。私の前では吸わないけど、アルバイト先なんか、私の知らないところでは吸ってるみたいなの」

きなりも、口うるさい妻みたいに顔をしかめる。

それで、本当はそんなに吸いたくなかったのに、太陽とベランダに出ることにしてしまった。

「よくわかったね、俺が吸うこと。普段はめったに吸わないのに」

「先輩で結構、愛煙者いるんですよ。だから、なんとなくわかって。僕は慣れているし、煙、気にならないので」

安生は、太陽が居酒屋などで先輩のためにかいがいしく喫煙席を探したり、灰皿を差し出したりする様子を思い浮かべた。たぶん、彼はとても気がつく部下で、誰にでも好かれるのだろう。

「酒を飲んだりすると、ちょっと吸いたくなるんだよね」

きなりが手土産に持ってきた、めずらしい地ビールを、真帆の手料理で飲んだ。真帆が振る舞ったのは、カードのポイントで買ったというホームベーカリーで、生地から作ったピザだった。なかなかおいしかった。

「消防士の人って、体鍛えたりするから吸わないのかと思った。寝タバコが火事の原因になったりもするし」

「公務員は結構多いみたいですよ。古い世界ですから。それより、なんかすみません。真帆がぺらぺら調子に乗って話しちゃって」

この謝罪ものろけみたいなものだな、と安生は思う。

「いやいや、とんでもない。誘ってもらって嬉しかったですよ。いろいろ聞けて勉強になるし。きなりも俺といるより楽しそうだし」

「普段、子供と二人きりでしょう。大人と話せるのが嬉しいらしいんですよね。特に、きなりさんみたいに話が合う人だと」

「なるほど。子育てって大変だなあ」

まさに他人事のようにつぶやいた。

安生にはどうして人が子供を作るのかわからない。

子供は嫌いじゃない。さっきも、佐帆が昼寝をするまで、ずっと膝の上に乗せていた。佐帆の方が自然に寄ってきて、「だっこして」と言ったのだ。皆に、「子供好きな人はわかるのねえ」とからかわれた。実は、海外などでも、やたら子供や動物に懐かれる。けれど、子供が欲しいとは思わない。

子供を持つことを否定もしないし、もちろん、非難もしない。でも、子供なんて、お金も手間もかかる。そんなに手間をかけて育てたところで、まっすぐに育つかどうかもわからない。老後の面倒を看てもらうどころか、将来、金属バットで殴り殺されるかもしれない。

コストの割に見返りが少ない。コスパが悪い。費用対効果が最悪だ。あんなに経済観念がしっかりした真帆が、どうして子供という究極の低コスパを受けいれられるのか疑問だ。

そんな考えだから、安生は今まで独身だったとも言える。

自分でも、冷たい人間だと思う。

しかし、なぜか、周囲からはその逆の評価をされることが多かった。

「だけど、あの話、俺にはちんぷんかんぷん」

「実は僕もわからないのです」

「え。太陽君にもわからないの？」

「お金のこととか、投資のことは、全部、真帆がやっているので」

そして、白い歯を出してまた笑った。

安生は、すごいな、と素直に思った。

自分が稼いだ給料をすべて女房に渡して、なんの不満も不安もなく生きていける。そういう人間しか、家庭を持ったり、子供を育てたりできないのではないだろうか。これもまた特殊能力だ。

「僕はこれがいいんです。女の人が気が強くてしっかりしてて、家を守ってくれる方がうまくいくような気がするんです。実家もそんな感じだから」

なるほど、そういう考え方もあるか、と納得した。安生も強い女は嫌いじゃない。ただ、今までは、その能力を結婚生活にではなく、安生が海外や地方でふらふらしている間、一人で耐えることに使ってもらっていた。案外、結婚したらうまくいくかもしれない。

しかし、今すぐには考えられない。

「太陽君と話していると、勉強になるなあ」

素直に感心してしまった。普通にちゃんと就職して、結婚していて、さらに十分満足している人と話すことが最近、ほとんどなかった。

「とんでもない。僕が安生さんみたいな方に教えられることはなんにもないですよ」

謙遜して、顔の前で手を激しく振る太陽。

「太陽君て、消防署のポスターにでも出たらいいのに。イケメンだから」

「もう、一度やってます。就職して三年目に、新卒募集のポスターのモデルになりました。休日一日拘束(こうそく)されて、ギャラとかは一円も出ませんでした。皆に冷やかされて、からかわれて、さんざんでしたよ」

それを自慢もしない男。

なんて、満点パパなんだ。


その帰り道、きなりは機嫌が良かった。

「真帆ちゃんと太陽君て、いい夫婦だよねえ。私たちの周りにはいないタイプの人で、最初、どうなることかと思ったけど。真帆さんみたいに経済観念のしっかりしてる女の人ってめずらしいよ。今度、取材させてもらおうかなあ」

どっかの雑誌に企画書とか出してみようかな、と独り言を言っている。

「たぶん、向こうも同じこと、言ってると思うよ」

「え、そうかな。だったら、嬉しい」

皮肉はこめていないつもりだったが、それでも、きなりがなんの邪気もなく喜んでいるのを見ると、いつもの彼女はどこに行ってしまったのかと思う。普段はどちらかと言えば人への評価が厳しく、時に皮肉っぽい分析をするところが気に入っていたのに。

そしたら、唐突に、あれがきた。

「……私たちも子供欲しくない？」

とっさにうまく返事ができなかった。

今年、四十歳になる小森安生、この提案をされたことは人生で一度や二度じゃない。学生時代のライトなのや、ベッドの中、勢いで言われたのを含めると、もうたぶん、両手で数えられないくらい。

どうして、女は俺に子供を求めるのか。

こんなに家庭にふさわしくない男もいないのに。

黙っていると、きなりは、安生が自分の子供の親にふさわしい理由を語りだした。曰く、割に高学歴である、割に男前である、割に優しい。

きっと、彼女は前からこういうことを考えていたんだろうな、と思った。それが、井戸家の雰囲気を見て、つい噴き出てしまったんだろうな。

痛いほどわかる。だから、拒否しきれない。

だけど、現実問題として、定職もない、将来の夢もない、ただ、ぷらぷら暮らすのが趣味で人生の目標、という男に何ができるのか。

「俺、年金も払ってないし、保険も切れてるよ」

答えになっているかどうかわからないけれど、とりあえず、そう言ってみた。

「知ってる」

やっぱり、知っていたか。

「もちろん、貯金もない」

「知ってる」

「今住んでいるおばあちゃんの家、いつまで住めるか、わからない」

　家賃がかからないからここまでやってこられた。しかし、あれは親戚の持ちもので、ただ、彼が管理しているだけなのだ。いつ、追い出されても文句は言えない。

「それは、想定外だった」

　けれど、きなりの口調は暗くない。

「そんなんで、いいのかな」

　安生は否定的な意味で発した言葉だったけど、きなりは大きな声で「いいよ！」と答えた。

「お金は私も稼げるし、私の家に来ればいいじゃない。私、家賃は一部なら経費にできるし、もっと広いところに住んでもいいよ」

「いや、そういうわけには」

「だって逆に言えば、それがクリアできればいいんでしょ？」

「え」

「今、安生が言った問題がクリアできればいいの？　年金は今から払えばいい。過去二年にさかのぼって納められるよ。健康保険も家族になって私のに入りなよ。主夫になってくれればいい」

うーん、と言葉に詰まってしまって、答えられなかった。

一人で家に帰ると、フェイスブックを開いて、一万人近くいる友人の近況をつぶさにチェックした。サンマ漁の季節労働をしている友人を見つけ、「一人くらい雇ってくれそうな余裕はないか聞いてくれ」と頼んだ。

すぐに話をつけてもらって、東京を脱出した。

それきり、きなりとは会っていない。

安生が大学を卒業したのは、最も就職が厳しかった二〇〇〇年代前半だ。有効求人倍率は一・〇を切り、一時は新卒求人倍率でさえ〇・九九まで下がっていた。

Y大の学生時代も、今と同じようにぷらぷらとはしていたが、それは卒業までだと思っていた。安生だって、学生の時からこんなんじゃなかった。

景気が悪い悪いと聞かされながら、どこか高をくくっていた。一つや二つ、自分がもぐりこめる会社はあると思っていたのだ。

今思うと、Y大というのをどこか鼻にかけていたのだろう。

アルバイトと旅行をくり返していたから、成績は最悪だった。

就職活動では、たいした準備もせずに出版社を受けまくり、どこも落ちた。最後にはどこでもいいと捨て鉢になったら、卒業間際に不動産会社の営業職に受かった。

私鉄沿線の駅前の支店に配属され、入社一日目、お茶の出し方が悪いと先輩に怒鳴りつけられた。なんの指導もないままペンシルハウスの不動産広告を付けたサンドイッチマンとして駅前に立たされたので、そのままやめた。

ちゃんと挨拶もしていない。サンドイッチマンの看板を駅のガードレールに立てかけて、歩いて家に帰った。郵送で「退職届」を送りつけ、携帯の電話番号を変えた。

後日、その会社はブラック企業として有名になり、新入社員が自殺したと報道されたくらいだから、後悔はしていない。

けれど、心のどこかに、自分はどこに行っても同じようなものだっただろう、という諦めの気持ちがある。

安生が生まれた時、父親は次男である彼に、「偉くなんてなれなくていいから、安全に安心に安らかに生きていってほしい」と願って「安生」と名付けた。

しかし、その願いは完全に裏目に出た気がする。

バイト先では「こものやすお」と呼ばれ、なかなか結婚してくれないという理由で離れていった女には「やっぱり、安っぽい男よね。安生なんて名前だから、安い生き方しかできないのよ」と嘲笑された。その女は某IT企業の御曹司と結婚して六本木ヒルズに住み、子供二人に恵まれ、まるで嫌みのように、いまだ豪華な年賀状を送ってくる。

しかし安生は、こもの人生も悪くないのではないかと思っている。

季節労働のアルバイトで稼げるのは月に二十五万くらい、最高でも三十万いくかいかないかだ。でも、場所によっては寮があったり、食事を用意してくれたりするので生活費はあまりかからない。二、三ヶ月でまとまった金が手に入る。旅に出るか、十条の家に戻るかは気分次第だ。

家に戻れば、毎日、ほぼ自炊。米は買わないといけないけど（アルバイト先がコメ農家だったりするともらえる時もあるが）、パン屋でパン耳を一袋三十円で買い、野菜は自家製、魚は安い時にまとめ買いして干物にしたりする。図書館で本を借りてくれば、まさに小規模な「晴耕雨読」の世界。もしくは「高等遊民」か。あんまり、「高等」じゃないけど。

前に、琴子に「年間、百万あれば生きていける」と言ったのは本当で、実はもっと少なくても大丈夫だ。だからこそ、まとまった金があれば仕事はすぐやめてしまう。

自分は人生の落伍者だ。でも、そこに満足しているので、たぶん、普通のところにはもう戻れない。

「あなた、また、東京にいないんだって？」

琴子からめずらしく、電話で連絡が来たのは翌日のことだった。夜、仕事を終えて寮の風呂に入った後のリラックスしている時間だった。

「ダメじゃないのお」

なじられたので、ああ……と昨日のことを見られていたような気がして、つい「ごめんなさい」と謝ってしまった。

言ってしまってから、琴子さんが知るわけないじゃないかと気がついて、はて、なんで自分は謝っているんだ、と首をひねる。

そもそも、なんで琴子さんは自分が東京にいないことがわかったんだろう。もしかして琴子は、きなりとつながっているんじゃないか。

井戸家で、きなりは真帆とも琴子とも意気投合していた。もしかして、あいつが琴子さんに言いつけたのか。私が安生にプロポーズしたのになんの答えも出さず、連絡もなく出て行っちゃったんですよ、とかなんとか。

さらにげんなりする。そういう女同士の「仲間」みたいなのが昔から苦手だった。「先生、安生君がきなりちゃんを泣かしましたー」「いーけないいんだ！」みたいなやつ。学級会かよ。さながら、真帆は学級委員長で、琴子が担任教師か。

いつもからっとして、いかしたおばあちゃんの琴子さんなのに、ちょっとがっかりした。

「ちゃんと言っていきなさいよ、庭の水やりができないじゃない」

あさっての方向から小言（こごと）を言われて驚いた。そこで、自分が勝手な思いこみで彼女に怒りをぶつけていたことに気がついた。

「すみません」

考えてみれば、琴子さんみたいな人が、こちらから相談したのならともかく、頼まれてもいないのに、人の事情に首を突っ込んでくるはずがない。

「秋といえど、まだ、暑いんだからね。そろそろ、秋蒔き（あきま）の白菜とか絹さやの種をあげようかと思ってうかがったら、誰もいなくてお庭の花がしょぼんとしているんだもの。かわいそうでびっくりしちゃった。慌ててお水を撒（ま）いて」

「ありがとうございます」

「お花は足がないのよ。つらくても苦しくても、そこにいるしかないの。植えたのは人の勝手な事情なのよ。だから、ちゃんと責任もって」

この人は、花と畑のことになるとムキになる。そこがかわいいんだが。

きなりと変な感じになった後、勢いで家を、東京を飛び出してしまった。正直、花のことは、すっぽり頭から抜けていた。

昔から、ちょっと気まずいことが起きると逃げてしまう。こんな自分が子供を持てるはずがない。植物さえ育てられないのに。

「で、きなりさんに聞いたら、あなたどっかに行っちゃって、きなりさんもわからないって言うでしょ」

やっぱり、知ってるのか。

「何か嫌なことでもあったの？」

お節介を焼かれたら反発しようと思っていたのだが、口調が思いの外、優しくてほろりとしてしまう。

「きなりから聞いています？」

「ううん。あの人、言いつけるような人じゃないでしょ？　私だってわざわざ聞かないわよ。若い人のことなんて。でも、挨拶もなしに行っちゃうなんてめずらしいから」

確かに、琴子と知り合ってから、こんなことはなかった。

「ちょっと……きなりとありまして」

さすがに詳しい事情は差し控えた。きなりの名誉もあるから。

「そうだったの」

「はあ」

「一度、帰ってらっしゃいよ」

「でも、こっちの仕事、始まったばっかりで、無理言って入れてもらったので。しばらくは」

「お休みとかないの？」

「はい」

「一日でもいいじゃない。白菜と水菜と絹さやを蒔く場所も決めなきゃいけないし。それからからし菜(な)っていう種も仕入れたのよ。ちょっと辛くておいしいんだって。あなたにもあげる」

それはありがたい。けれども。

「きなりさんともちゃんと話せばいいでしょ」

「あー、でもね」

「ちゃんと今、蒔いておかないと、冬、鍋する時に困るでしょ。あなた、白菜は今年初めてじゃない？」

野菜の話ばかりしている琴子の言葉に吹き出しかけたけど、ああ、だから、自分はこの人が好きなんだなあ、と思った。

秋になったら白菜の種を蒔いて、二ヶ月もかけて丁寧に栽培し、「おいしい鍋にしましょ」と楽しみに生きている。

自分の、死んだお祖母ちゃんもそうだったけど、年寄りの何気ない話というのは、時々、思いがけないところでぎゅっと心をつかまれる。

もし、今、家に帰って、琴子の言う通り白菜の種を蒔き、きなりと話し合ったら、自分ももっとちゃんとできるのだろうか。

「帰ってこられない？」

「一日くらいなら……休めるか、聞いてみます」

ちょっと帰りたくなっていたのも、事実だった。

それは、琴子の説得のせいだけでなく、昨夜、安生がやらかしたことも理由なのだが。

「白菜は考えているよりずっと大きくなるから、十分、間隔を取ってね」

「でも、白菜って大きくても直径三十センチくらいなもんじゃありませんか」

「それは売ってる白菜でしょ。白菜はね、最初、お花みたいに大きく葉を広げて、途中からつぼみが閉じるように結球してくるのね。だから、四十センチ以上株間を空けなくちゃだめ」

早く種を蒔け、白菜の発芽温度は結構高いからと何度もＬＩＮＥをしてきたのに、こちらに着いてみたら、琴子はちゃんと、種から育てた苗を用意して待っていてくれた。

安生の畑は庭の一角だけで、半坪ほどの広さしかない。一番奥に白菜の苗を植え、手前に水菜、からし菜の種を蒔いた。他に、西側の、家と垣根の五十センチほどの隙間に支柱を立て、絹さや、グリーンピース、スナップエンドウの苗を植え付ける。

このデッドスペースは、琴子と知り合うまで使っていなかった。彼女の薦めで、夏はきゅうりやゴーヤ、冬はエンドウ類などのつるもの野菜を植えるようになったのだ。西日しか当たらないけど、生育はいい。

「穫れたてのグリーンピースは甘いのよお。お豆ご飯にしたら、もう買ったのは食べられなくなるくらい」

「こんなにいろいろ植えても食べ切れませんよ。家にいないかもしれないし」

琴子は黙って答えなかった。その横顔に、わずかな緊張感が見える。

「すみません」

女がこんな頬のこわばりを見せたら、理由はわからなくても、とりあえず謝った方がいいのは経験上よくわかっていた。

「いいの。私が食べるもの。ご近所にも配るもの」

琴子が微笑むと、右頬に大きなえくぼができる。きっと、五十年前に男たちはこのえくぼにやられたのだろうな、というような。

今でもそれは大きな威力を持っていて、安生は彼女の頼みを断れない。昔の男たちとは違う理由だが。

「きなりさんには連絡したの」

「いいえ」

「やっぱり」

「若い人のことには首を突っ込まないんじゃないんですか」

「突っ込まないわよ、ただ、残念なだけ」

がらがらと引き戸が開く音が玄関の方からして、こんにちはーという声が聞こえた。きなりの声だった。

「残念なだけって言ったのに」

安生がにらんだ。

「だから、ちょっと、きなりさんに雑談として話しただけ」

琴子はすまして答える。

「きなりさん、こっちよー。お庭の方」

家の中を通って、きなりが縁側から顔をのぞかせた。

「ケーキを買ってきたから、お茶でも淹れます？」

何事もなかったかのように、きなりは二人に笑顔を見せた。

「お願い。私はお茶だけでいいわ。これから行くところがあるから」

台所に引っ込んだきなりの後ろ姿を見送った後、安生はもう一度琴子をにらむ。

「散らかすだけ散らかして、行っちゃうんですか」

「だって、本当に病院に行かなくちゃならないんだもの」

それを言われたら怒れない。

「え。どこか悪いんですか、琴子さん」

「私じゃないの、嫁がちょっとね、入院しているから孫たちとお見舞いに行くのよ。久しぶりに家族が集まるのが病院なんてね」

琴子は、ちょっとさびしそうに言った。

彼女が帰った後、きなりと台所の食卓で向かい合ってお茶を飲んだ。

「ここ、本当に住めなくなっちゃうの？」

きなりは最後に会った日のことなど忘れたかのように、部屋を見回しながら言った。

「いつかはね。俺のものじゃないから」

「だけど、昔、おばあちゃんが安生に残すって書いてくれた、って言ってなかった？」

この家に最後まで訪れ続けていた安生に、祖母は家を譲りたいと遺言を残してくれた。しかし、本当のところは、フリーターの安生に実家は帰りづらく、海外旅行とアルバイト生活の合間をこの家で過ごさせてもらっていただけだった。決して、祖母の面倒を看ていたわけじゃない。自分が看てもらっていたのだ、という自覚がある。

「法的な実効性のある遺言でもなかったし、もしそうだったとしても、親戚たちにも最低限の権利はあるから分けないわけにいかないし」

そういう一連のことは、季節労働のアルバイトで一緒になった、司法試験の勉強中の男に聞いた。

そんな面倒なことに巻き込まれるくらいなら、手放す方がましだ。

幸い、親戚たちは今のところ、安生を住まわせてくれている。いずれは売って、金で分けるしかないみたい」

「俺がここを買い取れるくらいの金があればいいんだけど。

その時は一悶着ありそうだから、親戚たちも皆、息を潜めてとりあえずやり過ごしている、そんな感じ。

安生ときなりの関係のようにも思えた。

どうでもいい話をしながら、本当に必要なことを先延ばしにしている。

「そうしたら、どうするの？　これから」

安生が思っているほど、きなりは先延ばしにする気はないのかもしれないが。

「どうするかなあ」

「うちに来ればいい。この間話したことは別にしても。私は安生と関係を切りたくない」

「それはありがたいけど、本当にそれでいいのかな」

「いいよ。ただ、黙ってどっかに行かないで。もう、何かを安生に要求することはないから、どこかに消えるのだけはやめて」

わかった、と言って、何事もなかったかのように続けることはできた。けれど、安生はそこまで悪人にもなりきれなかった。

「いろいろ考えたけど、子供を持つ決心はつかないんだ」

それだけは言っておきたかった。

「どうして？」

「それだけの能力が俺にあるとは思えない。経済力もそうだけど、人間的な力っていうの？　包容力とか忍耐力とか、責任感とか。すべて俺に足りない。まだその勇気もない」

「……わかった」

「だから、もしも、きなりにもっといい男ができたら、そっちに行ってくれていいから」

「それでいいの？」

きなりはさびしそうに笑った。

「しかたない」

「本当にひどい人」

そうだろうな、と思う。

「ただ、その代わりと言っちゃなんだが、今回のバイトはやめるよ。こっちに帰ってくる」

「え。いいの？」

「しばらくこっちにいる。きなりにも迷惑かけちゃったし、関係をもう一度立て直したい。白菜も育てなくちゃならないし」

きなりはますます悲しそうに笑う。

「本当に、本当にひどい人。悪い人」

上目遣いに安生を小さくにらんだ。

「最後は怒れなくしてしまう」

きなりとのケンカは、いつもと同じようになあなあのうちに終わることになった。

だが、それは突然、やってきた。

「水、飲ませてくれない？」という声で目が覚めた。

安生は一瞬、自分が今、どこにいるか、わからなかった。

「小森さん」

片目を開けた。まぶしい秋の光が入ってくる。もう片方の目も開いて、やっと焦点が合った。

「君かあ」

間の抜けた声が出た。朝、畑の手入れをし、縁側で寝っ転がって本を読んでいるうちに寝てしまったらしい。

れな。

目の前にいたのは、れなだった。名前は知っているけど、漢字の書き方はわからない、れな。

彼女は猫を抱いていた。お隣が海外旅行に行っている間、安生が預かっている三毛猫だ。こだま、という。隣人は、庭に水をやってくれという安生の頼みは断ったのに、旅行の時は猫を預けていく。不公平じゃないかと思う。でも、こだまがかわいいから断れない。手間もかからないので、まあ、いいんだが。

「君、どうしてここにいるの」

結構、人見知りのこだまは、れなの腕の中で暴れている。それなのに、れなはがしっとつかんで離そうとしない。れなの指が筋張り、猫に食い込んでいるのを見て、なんだか嫌な気がした。

「それより、水、一杯もらえませんか」

「猫を放してやってくれないかなあ」

「え」

「猫。嫌がっているから」

れなが手を離すと、こだまは家の奥に跳んで逃げた。

ゆっくり起き上がり、横腹をかきながら、台所に向かう。

冷蔵庫からミネラルウォーターを出してグラスに注ぐ。その水の流れを見ていたら、じょじょに頭がはっきりしてきて、それに従ってさらに嫌な気持ちがふくれ上がってきた。

やばい。

何かわからないけど、この状況はやばい気がする。

だいたい、電話番号も連絡先も教えていなかったれなが、どうしてここにいるのか。

しかし、平静を装って、れなの元に水を運んだ。

礼も言わず、彼女は縁側に座って、水を飲んだ。後ろにのけぞった喉元が白い。

「どうしたの」

飲み干すか飲み干さないかのうちに、安生は尋ねた。

「何がですか？」

にくらしいほど彼女は平然としていた。

「ここの住所、どうして知ってるの？」

「教えてもらったんです。事務所で。安生さんの履歴書見せてもらって」

「そんなのよく見せてもらえたね」

昨今は、個人情報の管理が厳しいのに。まあ、れなはあそこのどの男にも好かれていたから、ちょろいものだったろう。

「安生さんの子供を妊娠したって言ったら、教えてくれた」

ははは、と思わず笑ってしまう。こういう冗談は嫌いじゃない。

「そりゃ、君、バイト中の男から恨まれてしまうな」

しかし、そこまでして、れながここに来る理由はなんなんだ。

ふっと、気づく。れなが笑っていないのに。

「冗談だよね？」

「冗談じゃないって言ったら？」

「マジか」

「マジなんです、それが」

思わず、息を呑む。

「俺、子供は……」

いらないよ、と言おうとして、さすがに引っ込める。

「まあ……話し合おう」

「そうですよ」

れなは足下のボストンバッグを持ち上げて、縁側からとんとん、と上がってきた。

「そのために来たんです」

そろえられた靴はバレエシューズだった。足首までのソックスをはいている。

妊娠しているから低いヒールなのかなあ、冷えないように靴下なんかはいているのか、と妙に冷静に考えてしまう。

「俺ら、一回しかしてないよな」

思わず、口走っていた。

「はーい」

その答えなのか別の返事なのか、れなの声が、もう家の奥から聞こえてくる。

安生にはまずしなければならないことがあった。

十条銀座商店街の中の喫茶店で待っていると、きなりが来た。

「どうしたのよ、安生。今夜会うのに」

今日は安生の家で、彼女と鍋を食べる予定だった。育ってきた水菜を間引きしたものを鍋に使い、同じく間引きしたからし菜をサラダにして。

きなりがしゃぶしゃぶ用の豚肉を買ってきてくれる手はずも整っていた。

「ちょうど堺屋（さかいや）肉店でねえ、鹿児島産の黒豚のロースしゃぶしゃぶ用を見つけて買ってきたとこ。ちょっと奮発しちゃった。脂（あぶら）がすっごく甘いんだって」

嬉しそうに肉の包みを持ち上げて見せた。

「実は」

その後の言葉が続かない。嫌な味がする生唾(なまつば)が口の中にこみ上げてくる。

「どうしたの」

きなりもやっと、安生の身に何かが起こったのだとわかったみたいだった。

「顔色悪くない？」

「最初に言っておくが、一回しかやってない」

「え」

「これだけはわかった上で、話を聞いてほしい」

「何を一回？」

安生は唾を飲み込んだ。

「あれだ。つまり」

そう、あれなのだ。

あれを安生は本当にあの時、あのアルバイトの初めの一回しかやってなくて、それはまったくのアクシデントというか、もののはずみのようなものだった。その後、れなが誘ってきてもうまくかわした。

こっちに帰ってきたのは、もちろん、きなりのためでもあるが、そんな彼女が面倒になった、ということもある。本心を言うと。

「今、女が俺のうちにいる」

「女？」

きなりの表情がみるみるうちにこわばった。

「サンマ漁のアルバイトで知り合った子」

「今年の？　この間まで行ってた？」

だんだん事情を察してきたのだろう。きなりの顔が、心配から怒りに変わっていく。

「その子と一回やった、ってこと？」

「そう」

「バカ」

きなりが手を伸ばして、安生の頭を叩く。

「ごめん」

そのくらいなら、まだいいのだ。そのくらいなら。よくはない、けど。

「それで、その子が今、家に来ちゃったってこと？」

「まあそう」

「大バカ」

なんで住所を教えたのよ、だとか、家に来るほど勘違いさせることを言ったんじゃないの、だとか、脇が甘いのよ、だとか。きなりの小言が通り過ぎるのを待つ。

この後に来るもののことを考えたら、それらはまだどうということもない。準備体操のようなものだ。

「ちょっと落ち着いて聞いてくれ」

あんまりにも小言が長いので、安生はきなりを押しとどめた。

「何よ」

「それだけじゃないんだ」

きなりはやっと口を閉じた。恨みがましい目でこちらを見つめている。

「実は……彼女、子供ができたって言ってる」

「えええー？」

その、きなりの、驚きと悲しみと悲惨さの入り交じった、悲鳴のような声を、安生はずっと忘れないだろうと思った。

「妊娠したって。ちょっと話したんだけど、おろす気はないって。俺としては本当に申し訳ないけど、子供が欲しいと思わないし、彼女との間にはなんの感情もないし、結婚したりしたとしても良い結果にはならないだろうということは今からわかっているから、もうちょっとよく考えて、冷静な判断をしてくれって言ったんだけど」

きなりはもう怒鳴らなかった。小言も言わなかった。ただ、黙って、泣き出した。声もほとんど立てず、涙だけがぽろぽろと落ちた。

「だけど、今のところ、あの子……れなっていうんだけど」

いまだに名前の表記も名字も知らない。

「おろす気はないし、子供を産んで、俺と結婚して、あの家で一緒に育てたいって言うんだ」

きなりは左肘をついて、手のひらで片目を隠すようにしてうつむいた。肩の揺れが大きくなる。それなのに、声はぜんぜん出ない。

「まだ、これからも話し合ってみるつもりだよ。とにかく、俺はほとんどその子のことは知らないし。だから」

「……こういうことになるんじゃないかって思ってたのよ」

きなりが絞り出すように言った。

「え」

「いつか、こういうことになるんじゃないかって、いつも心配だった」

「そうなの？」

だったら、注意しておいてくれたらよかったのに。

「あんた、本当にいつもふらふらしているから」

あんたって呼ばれたのは、長い付き合いの中で初めてだった。

「私、どうしたらいいのか、もうわからない」

きなりはバッグからハンカチを出して、顔をふいた。涙がやっと止まったようだった。

しかし、ふき終わると、また両手で顔を覆った。再び、涙が噴き出してきたらしい。

「私だって、あなたと結婚したかったのに。子供も欲しかったのに。ずっとそれを夢見ていたのに」

それから、きなりは途切れ途切れに、れなのことを聞いてきた。両親はどこでどうしている歳だとか、容姿だとか、どこの大学に行ってるのかとか、そういうことを。安生は知っている範囲で一生懸命に答えようとした。ほとんど答えられることはなかった。

一つ一つの答えを聞く度に、きなりは安生の頭を叩き、涙をこぼした。

「どうして、その子なの？　どうして私じゃないの？」

最後にそう言って、やっと声を上げて泣いた。文字通り、号泣という感じだった。

「私が楽しみにしていた老後はね、子供が独立して、ローンがないマンションに住んで、特別裕福でなくても、時々旅行なんかもできて……そしてあなたが一緒にいること。そんな小さな夢がどうして叶えられないの？」

その頃にはもう、喫茶店中の人が事情を察していた。しんと静まり返った店に泣き声が鳴り響いた。最初は好奇の色もあったが、今、そんな顔をしている人はおらず、気まずそうに一人二人と店を出て行った。

「縁がなかったのかもね、結局、私たち」

きなりは自分に言い聞かせるようにつぶやくと、ふらふら立ち上がって店を出た。黒豚の包みは置いていった。結婚祝い、と言って、笑ったのが痛々しかった。

「で、結局、妊娠はしていなかったのね？」

「はい」

きなりに泣かれてから、一週間後、安生は琴子と向かい合って、鍋を食べていた。鍋に使ったのは、きなりがくれた黒豚だ。あの日、さすがに彼女が買ってくれた豚肉をれなと食べる気分にはなれず、そのまま冷凍庫に突っ込んでおいたものを解凍した。

妊娠騒動は数日で終わった。簡単なことだ。れなの生理が始まり、あっさり家を出て行ったのである。

「どうして、きなりさんに話す前に、ちゃんと調べなかったの。簡単に調べられるのが薬局にあるでしょ。病院に行っても良かったのに」

「そんなの、男は知りませんよ。それに、俺は昔から結婚とか妊娠とか、そういうことを避けてきてたんで、たぶん、情報が入ってこなかったんでしょうね。テレビＣＭとか観ていても、脳が勝手にシャットダウンしちゃう」

「もしかしたら、本当は、最初から妊娠なんて嘘だったのかもね」

「え？」

「そう言って、あなたを試したのかも。だけど、あなたがぜんぜん乗ってこないから、諦めたのかしらね」

れながそんなに自分に執着しているとは思っていなかった。

「きなりさんには連絡したの」

「いちおう」

間引きした水菜は十センチほどだが、柔らかくてうまい。さっと火を通したところを薄切りの黒豚で包んで食べると、琴子が持参した手作りのポン酢でいくらでも食べられる。

しかし、そうたくさんは喉を通らない。安生にとっては、れなが家に訪ねて来て以来の、久しぶりのまともな食事だというのに。

「妊娠してなかった、ってLINEは送りました」

「私なんかより、きなりさんと食べなさいよ、これ」

琴子が豚肉の皿を指さす。

「LINEの既読はついたんですけど、返事は何も返って来ないので」

「一回、LINEしただけ？」

「はあ」

「何度もしなさいよ」

「いや、こう言ったらなんなんですが、俺の方も、ちょっと脱力したっていうか、この一週間でなんか疲れちゃって、その気力もなくて」

「本当に自分のことしか考えていない、身勝手な人ね。きなりさんは脱力なんてものじゃないわよ。そんな人だとは思わなかった」

これまた、安生が人からよくぶつけられる言葉だった。そんな人だと思わなかった、見損なった……勝手に人に期待して、勝手にがっかりしないでほしいといつも思う。

「でも、少しはほっとしてるんじゃないかな」

「そりゃそうだけど、もう、ばかばかしく思ってるかもしれない。なんか、もう、あなたに振り回されるのも嫌になったのかも」

今日の琴子は冷たい。

「なるほど」

「私も実は、今の一連の話を聞いて、ちょっとあなたを嫌いになった」

「すみません」

頭をがっくりとたれてしまう。

「妊娠してなかったとしても、浮気してたのは変わらないわけだしね」

「……確かに。でも、一回だけです」

琴子が鍋から箸(はし)を引っ込めた。

「ちょっと、食欲なくなった」

「すみません」

「その謝罪を、私じゃなくて、きなりさんに言いなさいってことなのよ」

「はあ」

誰も箸をつけなくなった鍋がこぽこぽと湯気を立てている。

「どうしたらいいんですかねえ」

「どうもこうもないわよ、とにかく、謝って、謝って、謝り倒すのよ」

琴子は安生の顔をのぞきこんだ。

「きなりさんのことが好きなのは、確かなのよね?」

「もちろんです」

安生は鍋の水面を見つめる。

「……こんなことがあって……俺、今さらって感じなんですけど、いろいろ考えたんです。あいつが、れながここにいる間中。これがきなりだったら良かったのにって。せめて、子供ができるなら、なんできなりとの間じゃなかったのか。どうしてこういうことになったのかって。一度、子供ができちゃったということになれば、受け入れられるかもしれないと思いました」

「じゃあ、きなりさんと結婚する気もあるってことね? じゃあ、そう言えばいいじゃない」

「まあ、そうなんですけど、でも、実際問題として、結婚してやっていけるのか。問題は何も解決してないし、事情は変わってないんです。だから、きなりになんて言っていいのかわからない」

「でも、子供ができるなら、きなりさんとって一度は思ったんでしょ。その気持ちは嘘じゃないと思うわよ」

「まあ、そうですけど。でも、いろいろ考えたら……」

「いろいろ考えてたら、子供なんてできないわよ」

「はあ。でも、費用対効果を考えないと」

「費用対効果。そんなこと言ってたら、絶対、子供なんて作れない。子供なんて、結婚なんて、理不尽なことばかりだもの。じゃあ、今のあなたの生き方なんて、どこに費用対効果があるの？　旅して、バイトして死んでいくだけなのに、何を偉そうに。旅行していったい何になるの？」

「まあ、自分を高めたいと言いますか」

「高める？　きなりさんみたいにそれを記事にするとか、本を書くとかならともかく、あなた、何に使うの？　高まった御自分を？」

めずらしく、皮肉を込めた口調だった。

わかってる。琴子に言われなくても、そんなことはわかってる。だから、これまで自分の人生については深く考えずに逃げてきたのだ。とはいえ、そこまでけちょんけちょんに言われたら、安生も黙っていられない。

「何かを生み出すことが結果ですか。俺は、俺自身が自分の中で高まったらそれでいいと思う。自分の納得する人生を送れたら」

「納得？　いいわよ、この家で一人で納得してなさい」

琴子は立ち上がった。本当に怒っているのだろう。持ってきたバッグをつかんで、玄関に歩いていく。

安生は慌ててその後を追う。

「費用対効果？　ははは。そんなに費用対効果が大切なら、もう、いっそここで死になさい。それが一番、効果あるわよ。ご飯も食べなくてすむし、家も傷まない、服も必要ない、お金もいらない。あくせく働く必要もないわよ」

琴子は歩きながら、吐き出すように言う。

「だいたい、あなたのご両親が費用対効果を考えたら、あなたなんてここにはいなかった」

琴子は玄関で靴を履いて、振り返る。

「人生は理不尽なもの。でも、理不尽なことがなかったら、なんのための節約なの？

経済なの？　節約って、生きていることを受け入れた上ですることよ。費用対効果なんてない、ってことを受け入れてからの節約なのよ。じゃなかったら、私みたいな年寄りはもう死んだ方がいいってことよね」

「すみません。そんな意味じゃなかったんです」

安生は裸足（はだし）のまま土間に降り、琴子の服の端（はし）をつかんだ。絶対に離さないように。

「俺が間違っていました。本当にすみません。行かないでください」

「本当にこのバカッたれが！」

頭を叩かれた。かなり強く。

「……他人の子を叩いたのは初めて」

琴子は大きく息を吐いた。

「私も言い過ぎたかも。ごめんなさい」

「これから、どうしたら、いいでしょう。きなりのことも」

「お花と甘いものを持って行って、正直な気持ちを話しなさい。そして、土下座、それから」

「それでも、許してくれなかったら？」

「花、甘いもの、土下座。土下座に次ぐ、土下座。それから、プロポーズ」

「え」

「もう、決心、できてるんでしょ」

そうだろうか。自分は本当にもう決心できているんだろうか。

琴子の服をつかんだまま、うなだれてしまう。

「何度も言うけど、きなりさんをそうやって離さないようにしなければならないのよ」

琴子は自分の服をつかんでいる、安生の手を指さした。

「あなたは最低の男だけど、なんかこう、奥底には良いものが……優しいものが隠れてるんじゃないかって女に期待を抱かせるのよ。それで、いつまでも付き合ってしまう。私でさえ、本当は何かあるんでしょ、本当のあなたは違うんでしょって、思ってしまう。こんなことされると。それがずるい」

そうなのだ。安生は一見、人当たりよく見えるから、皆に好かれる。そして、うらぎられた、と怒られる。

「私だって、絶対結婚しろとか、子供を持てとか言ってるんじゃないの。でも、安生さんはきなりさんのことが好きで、離したくないんでしょ。だったら、話し合って、お互いの妥協点を見つけなくちゃ。どちらか一方だけが我慢しているなんて関係、成り立たない」

「わかりました」

できるんだろうか、自分に。

マンションの前に立っていたら、きなりが帰ってきた。

安生は人と目が合うとつい、にやっと笑ってしまう。彼女はもちろん、笑顔を返してくれなかった。

きなりの家に通って三日目だった。彼女のマンションはオートロックなので、中に入ることはできなかった。

仕方なく、前の二日は買ってきた「甘いもの」（一日目は琴子が働いている湊屋の栗ようかん、二日目はチョコクロワッサン）を郵便受けに押し込んできた。

きなりからはなんの反応もなかった。

今日は昼の十二時からずっとマンションの前で待つことにした。

こうすればいつかは、帰ってくるところか、もしくは、家を出るところをつかまえられるだろう。安生には時間ならいくらでもある。

きなりは夜八時頃帰ってきた。まる八時間、外で待っていたわけだ。

九月の終わりといえど、まだ日差しは強い。

昔、ベトナムで買った、農民がかぶる円錐（えんすい）形の帽子、水分補給のための水筒、折りたたみ椅子のフル装備。時間つぶしの読書には丸谷才一（まるやさいいち）の『横しぐれ』の文庫本を持ってきた。

赤羽の少し奥まった住宅街で人もそう通らず、ときどき不審な目を向けられたものの、通報されなかったのはありがたかった。椅子まであったので、交通量調査か何かかと思ったのかもしれない。

「きなり！」

安生を一瞥しただけで玄関に入ろうとしたので、大声で呼び止める。

「とにかく、これだけ受け取って」

今日は、琴子のアドバイスに従って小さな花束を持ってきた。商店街の花屋で五百円ほどで買ったものだ。安生の手の中でぐんなりしている。

甘いものの方は、もう思いつかなかったので、商店街の中のパン屋の食パンを一斤買ってきた。ここは、食パンの販売しかしていないが、毎日行列ができるほど人気なのだ。

「いつからいるの」

きなりは正面玄関の暗証番号を打ち込みながら言った。

「昼から」

「ずっと？」

「うん」

「バカじゃないの」

そして、食パンを見下ろした。

「こんなに食べられない」

「じゃあ、残りは捨ててくれていいから」

「食べ物を捨てるような人間じゃないよ、私は」

安生はそこで、持っていた荷物を横に置いて、土下座した。頭を地面にすり付ける。

「本当に申し訳ない。許してもらえるとは思ってないけど、ただ、この気持ちだけは伝えたくて」

きなりが息を深く吸っている気配だけが伝わってきた。

「とにかく、ごめんなさい。本当にバカなことをしました」

なんの答えも聞こえないので、おそるおそる顔を上げる。

きなりはただ、とても悲しそうな顔をしていた。安生はまた、慌てて、頭を下げる。

「申し訳なかった」

「申し訳ない？　ふっざけんなよ！」

臀部（でんぶ）に強烈な痛みを感じるとともに、体が横ざまに倒れた。

自分がきなりに思い切り足蹴りされたのだと気づく。まったく手加減されていないということは、一瞬息が止まるほどの痛みでわかった。

思い出した。きなりは中高と、女子サッカー部で、一時は県代表にも選ばれていたことを。

「これだけはもらって。せっかく買ってきたから」

そのままマンションの中に入ろうとする彼女に追いすがり、なんとかプレゼントを差し出す。

きなりは人形のように、意志のない手つきで、それらを受け取った。

「ただ、言っておきたいんだ」

言葉を発するだけで、体中が痛い。

「あの子がいる間、『これがきなりとだったらなあ』って考えてた。子供ができるなら、どうしてきなりじゃなかったんだ、って」

きなりは黙って見下ろしていた。

「まだ結婚することは考えられないけど、誰かとするなら、相手はきなりだと思う。もう一度話し合えないか」

ばしっ。

安生があげた、小さな花束で頭を叩かれた。小花が地面に散る。

「勝手なこと、言うんじゃねえ！」

「でも、でも、これからも、メールとか電話とか、してもいい？」

「……わかんない」

そして、エントランスの中に入っていった。

彼女の後ろ姿を見送った後、安生はそろそろと立ち上がった。どこも折れていないようだ。ただ、体中が痛い。折りたたみ椅子を持ち上げた。

まあいいか。

きなりはメールをするなとは言わなかった。それはまだ、「続き」がある、ということだ。

また、明日来よう。

自分には何もないが、ただ時間だけはあるのだから。

いつも身軽でいようとした自分が、こんなふうに相手に執着したのは初めてかもしれなかった。

それがどうやったら、彼女に伝わるだろうか。

アルミ製の椅子を引きずりながら、安生は歩き出した。

第5話　熟年離婚の経済学

久しぶりに帰ってきた家は、どこかよそよそしかった。

つんとした臭い（におい）がする。悪臭ではない。けれど、これまで気づかなかった、特徴ある香り。

私の家って、こんな臭いだったっけ。

御厨智子は少し戸惑う。

十日間の入院を終えた後だ。違和感があるのは当然だろうと自分に言い聞かせた。

「ただいま」

誰もこたえないことをわかっていて、言ってみた。でも、それだけで少しほっとした。

居間まで行って、ソファに座る。下腹にわずかに違和感があった。

二十三年前に、三十年ローンで建てた家だった。繰り上げ返済をしてきたけど、まだ少しローンが残っている。

でも、「我が家」だった。

一軒家というのは思っている以上に手入れにお金がかかる。外壁は五年おきに塗り替え、同じ時に屋根のチェックもしてもらう。猫どころかネズミの額（ひたい）ほどしかない、家の前の小さなスペースには手間のかからないアイビーを植えている（園芸に詳しい義母に勧められた）。もちろん、掃除もこまめにしていた。

手間もお金もそこそこかけてきた自負がある。

しかし、今はものすごく雑然としていて、よそよそしかった。

整理整頓を心がけていたから、散らかっているというほどではなかったが、全体的に細かい埃（ほこり）が落ちている感じがする。義母が何度かやって来て、掃除をしてくれていたはずなのに。

たぶん、夫は一度も掃除機をかけていないだろうし、クイックルワイパーでふくことさえしてくれなかったのだろう。ゴミ一つない病院から移動して来たばかりだからだろうか。すごくイライラする。掃除がしたい。

けれど開腹手術をしてまだ十日、一ヶ月くらいはあまり運動をしないように言われていた。

「退院したら、なんでも旦那さんに頼んじゃってくださいね」

退院直前のオリエンテーションで、婦人科の看護師長さんに言われた。

「今、旦那さんは一番優しくなっている時なんですね。奥さんのために何かしてあげたいと思っている。だから、なんでも頼っちゃいましょう」

そして、いたずらっぽく笑った。

聞いていた患者たちは皆、一様に笑った。そろそろ退院という心のはずみが何を聞いてもおかしく思わせたのかもしれなかった。もちろん、智子もその時は笑った。

頼みたくても、相手にその能力がなくちゃね。

ソファに横になりながら、皮肉っぽく考える。

夫の和彦はまったく家事のできない人だ。しようともしない。

智子の入院中も、一キロほど離れた実家に毎晩通って夕飯を食べさせてもらっていた。時にはお弁当まで作ってもらっていたらしい。

料理も家事もそつがない義母なのに、いや、だからこそなのか、息子に家事は教えなかった。

結婚当初はそれでもよかった。

智子はまさに、バブル期にいわゆる「ＯＬ」と呼ばれた世代だった。「バブル世代」とくくられたのはもちろんのこと、「新人類」とか、「共通一次世代」とか、いつも「めぐまれた時代を生きてきた癖(くせ)に、何を考えているのかわからない人種」と嘲笑されてきた。でも、実はまだまだ古い価値観を教えられてきたジェネレーションでもあると思う。男が家事をしないのは当たり前だと思っていた。

今の三十代だとか四十代だとかを見ていると、ちょっとうらやましくなる。二十代になる自分の娘たちに至っては、もう、うらやましいなんて通り越しているけど。

就職は簡単だったんだろ、とバカにされながら、その実、バブルが崩壊した時には上の世代の尻拭いをさせられた。頭空っぽの新人類と笑われ、でも、しっかり男尊女卑は押しつけられた。

皆が言うほど、楽な時代じゃない。

まあ、肩パッドの入ったジャケットとかボディコンとか着て、前髪を立ててましたけど。

さんざん、アッシーやらメッシーやらにちやほやされても、結局、家庭に入れば、夫が働いて、妻が家事をするのが普通だった。夫が家事をしないなんて当然だと思われていたし、智子もそういう家庭で育った。

でも、智子の父親くらいの人の方が軍隊で（父は陸軍士官学校卒業だった）いろいろ仕込まれているので、いざという時は料理や掃除ができた。普段はいっさい家事をしない人だったが、母親が入院した時に、味噌汁を作りご飯を炊いているのを見て驚いたものだ。

和彦の世代の方が受験勉強さえしていれば文句は言われず、母親に大切にされすぎて家事ができなかったりする。智子の友人たちの家庭も、同じようだと聞く。

今日は本来なら娘たちが迎えに来るはずだった。

「ごめん、お母さん、退院の日、佐帆の幼稚園の体験入園日に当たっちゃった！」

長女の真帆が慌てて電話してきたのは、一週間前のことだ。

「いいわよ、気にしないで」

「美帆に頼んだから、心配しないでね。美帆、有休取るって言ってた」

しかし、美帆の方からも「大切なプレゼンが、相手側の事情で退院の日になってしまった」と連絡が入った。

「お祖母ちゃんが空いてるはずだから聞いてみようか」

「いいの、いいの。一人で帰れるから」

正直、もう七十三の義母に来てもらう方が気を遣う。病院には娘たちと一緒に来てもらい、ずっと和彦のご飯をお願いしてきた。半年ほど前にパートを始めたのであまり負担もかけられないし……。

「最初から、一人で退院しようと思っていたの。タクシーに乗ればすぐだもの」

「だって、重い荷物とか運べないんでしょう」

「そのくらい、大丈夫。無理なら病院から宅配便で送ってもらうサービスがあるから」

娘たちのどちらも「お父さんに頼めば」だとか「お父さんはどうしているの？」とかは聞かない。

子供の頃から、父親とはそういうものだと思っているのだ。家庭のことに無関心な父親に慣れすぎていた。

そのぶん、家庭内のことは智子の好きなようにしてきたし、家事や育児、家計のことで注意を受けたことはない。家計におさまる範囲内なら、習い事も旅行も、何をしても文句一つ言わない。もちろん、賭け事や飲酒も付き合い程度しかしないし、暴力なんて一度もふるったことはない。ゴルフが唯一の趣味で、月に一度くらい、いそいそと出かけていく。悪意のある無関心ではないということはわかっている。

少し上の世代に話したら、「いったい何が不満なのか」と言われそうだった。

しかし、こうして退院明けに埃じみた自宅のソファで寝転がっていると、何か説明できないさびしさがじわじわと身体からにじみ出てくる。

今日は退院しただけなのに、疲れてついうとうととソファで寝てしまったらしい。

――今夜、外食でもいいし、出前でもいいよ。

夫からのメールで起きた。

ああ、そうか、ご飯を作らないといけないのか。

わかっていたことだが、智子はため息をつきたくなった。

彼は家事の中でも料理が一番できない。これまでの結婚生活で、一度だって、何かを作ってもらったことがない。

――じゃあ、デリバリーにしましょう。

ピザでも取るか、と立ち上がって、冷蔵庫の扉に張ってあるチラシを見た。家のポストに時々投げ込まれているのを、いつか必要になるかもしれない、となんとなくとっておいたのだ。娘たちが家を出てから、こういうものを注文することはほとんどなかった。

華やかなピザの写真を見ていたら、二つ目のため息が出た。なんでこんな脂っこいものを食べなくてはならないのか。

外食か出前「でも」いいよって。

退院したばかりで、今から家を出て夫と待ち合わせをして食べるのはおっくうだから「デリバリー」と言ってしまったけれど、今、それを食べたいとはまったく思わなかった。

夫は、自分が病気になって退院した時でも「出前でもいいよ」と思うのかしら。そういう状況を想像してみたことがあるのかしら。

冷蔵庫を開けて米を出して丁寧に研(と)いだ。智子は米をいつも少量ずつ買って、空のペットボトルに入れ、野菜室で保存している。同様に保存していた発芽玄米と十六穀米も少し足す。

米を炊いている間に小鍋でだしをとり、小さく刻んで冷凍してあった、油揚げとネギを入れた。乾物(かんぶつ)の棚を探して、麩(ふ)も入れる。

野菜が何も入っていないけど、今日は買い物に行けなかったから仕方ない、と誰にともなくつぶやく。

入院前、智子は冷蔵庫をほぼ空っぽにして家を出たのだった。冷凍庫を探すと、お中元でいただいた、豚の味噌漬けの真空パックがあった。それを解凍しておかずにすることにした。

何もないと思っても結構、できるものね、とちょっと感心しつつ、何度もため息をついてしまった。

開腹手術をしたとはいえ、大きな痛みなどはない。でも、「あまり立ち仕事はしないように」と言われていた。何度も食卓の椅子に座って休みながら作った。

携帯電話がちりりんと鳴って、和彦からまたメールが来た。

――いろいろつらかったら、母さんでも呼ぼうか。

義母とはわりに良好な関係を保っているとは思うが、今日、来られたら、また別の気を遣うことになる。慌てて返信した。

――お義母さんはパートもあってお忙しいでしょ。今日はもういいから。

これでも、精一杯気を遣っているつもりなのだろう。しかし、三十年以上も一緒にいるのに、時にものすごくとんちんかんなことをする。

体の中の空気をすべて吐き出すくらい、大きなため息が出た。

和彦が帰宅し、食卓に並んだ食事を見て、「作ってくれたのか」とぽつんと言った。部屋着に着替えた後、彼がテレビをつけて、食事が始まった。

子供が自立してから、夫婦二人の食事なんてこんなものだから、それ自体に不満はない。

しかし、箸を動かしているうちに、智子は、テレビを観ながらご飯を食べている、目の前の夫に言いたいことが次々と浮かんでくるのを止められなかった。

こうして、いつも通りご飯を作ってしまったら、夫は「妻はもう大丈夫なんだ、普段通りの生活をしていいんだ」と思ってしまうのではないか、という恐れもあった。

「ピザなんて、食べたくないのよ」

「え、何？」

和彦はテレビを観て浮かべていた笑いを顔に残したまま、智子の方を見た。

「作りたくて作ったわけじゃないの。ただ、ずっと病院食だったし、外食するのもおっくうだし、質素でも、普通のご飯が食べたかったから作ったの」

夫の前の献立（こんだて）を見る。そこには自分と同じものが並んでいる。

豚の味噌漬けは五枚入っていたから、自分には二枚、彼には三枚、配膳した。

なんだか、それを見ただけでむかむかする。

あなたのために作ったわけじゃない。自分のために作って、あなたはそのおこぼれを食べているだけだ。なのに、私はいつも彼のために、より良いものを、自分より多めに出してやっている。それを無意識にやってしまう。

外で働いている旦那さんにおいしいものを食べさせないとだめよ、旦那さんはお外で働いてお給料を持ってくるのだから家の誰より大切にね、旦那さんがお給料を持ってくるのをありがたいと思わないと。

そんな声が聞こえてくる。智子の母親が言ったのだろうか。義母に言われたのだろうか。いや、誰からも言われたことなんてない。ただ、なんとなく身に染みついている。

「病院の先生が、最後に言ってたの、聞いてたよね？　一ヶ月くらいは立ち仕事は控えましょうって」

医者からの説明は、退院前の週末に夫婦二人で聞いたのだ。和彦は会社の休日にしか病院に来なかったから。

「だから、母さんに来てもらえばいいって言ったじゃないか」

「お義母さんが来たら……」

なんだか、力が抜けて、言う気がなくなった。

「母さんだって、何か手伝うことはないかって何度も言ってたんだから。それが嫌なら、真帆か美帆に来てもらえば」

二人には二人の生活がある。

ている。

「あの子たちだって忙しいのよ」

「だったら、どうすればいいんだよ」

和彦は自分が「できる範囲」では優しさを示しているつもりなのだし、実際、そうしている。

「お母さんも悪いんだよ」

いつか、真帆に言われたことがあったっけ。

「お父さんに、ご飯の作り方とか、家事のこと、教えれば良かったじゃない。お祖母ちゃんに育てられていた時間より、お母さんと一緒にいる時間の方がもう長いじゃない。お祖母ちゃんが教えなかったからとか言えないよ」

娘二人はお祖母ちゃん子だから、義母の肩を持つのだ。

そう言われたって、新婚の頃は和彦の仕事は今以上に忙しく、毎日深夜帰りだった。子供ができてからは育児と家事で、智子の方が忙しく、和彦に一から家事を教えるなんて悠長なことは言っていられなかった。人に頼んでいる時間があったら、自分が動いてしまう方が楽だった。

さらに、和彦は手先が不器用で、何をするのも時間がかかるタイプだった。もしかしたら、義母もそれを見て、家事を仕込むのを諦めたのかもしれない。

しかし、これからどうなるのだろう。

入院という現実の前に、ふと自分たちの老後を考えてしまう。

これからもずっと私はこの人のご飯を作り続けるのだろうか。いや、自分の方が先に死ぬかもしれないのだ。この人は外食とデリバリーで食いつなぐつもりだろうか。

まあ、何も考えてないのだろうな。

テレビを観ている彼の横顔を見た。

病気がわかってから、それまでずっと続けていた英語教室をお休みしていた。義母と始めたおせち料理教室も延期したままだ。このところ病院通いばかりだったのだから、こんな気持ちになるのは当然かもしれない。

退院の数日後、親友の河野千さとが家に遊びに来てくれた。

「何も用意しなくていいわよ、お菓子もお茶も、私が用意していくから」と言ってくれ、実際、果物のたっぷり載ったパイと瓶詰めの水出し緑茶を持ってきてくれた。どちらも銀座のデパートの高級品である。ワインボトルにつまったお茶は、今、流行なのだそうだ。そういうものを選ぶのが千さとはうまい。

「なんだ、思ったより、元気そうじゃない」

彼女にそう言われた時、なんだかやっと、自分が退院したことを実感できた。

「だって、たった十日間だもの」

「でもさ、手術室からストレッチャーで運ばれてきたのを見た時は、ちんまりしちゃってさ、『ともってこんなにちっさかったか！』ってびっくりしたんだから」

手術日には、娘の真帆と千さとが来てくれたのだった。

「あの時はありがとうね」

ついしみじみとした声が出てしまう。

孫の佐帆も一緒だったが、すぐに飽きてしまい、ずいぶんぐずったらしい。

「いいよ、真帆ちゃん、おばちゃんが最後まで居てあげるから、家に一度帰ってな。終わったら連絡してあげるから」

そう言ってくれたのは、千さとだった。

「お医者さんからの術後説明は身内しか聞けないから、その時だけは来てよね」

客室乗務員だった千さとは、そういうところが、世事に長けていて気が利く。真帆が遠慮する暇もないくらい、てきぱきしていたそうだ。

「真帆も本当に感謝してた。『やっぱり、ちーちゃんおばちゃんは気が利くよねえ』って感心してたよ、ありがとう」

「ううん。今って、二人に一人はガンになる時代じゃない？　私も明日は我が身だから、参考になると思ってさ。社会見学みたいなもの。いろいろ勉強になったわ」

こうやって、恩に着せない言い方をするのも彼女のいいところだ。

「で、もう治療はいいの？　手術でガンはすべて取れたの？」

「それがね」

半年ほど前に夫の会社の家族検診で、「子宮体ガン」の疑いという結果が出た。何軒か病院を回り、民間医療のクリニックなどでの診察も受けた。中には手術をしない選択を提示した漢方医もいた。少し迷ったが、最終的には御茶ノ水の大学病院で精密検査をして、手術が決まった。

いわゆる、ステージⅠだということだった。けれど、それ以上のことは手術をしないとわからないと言われていた。

「手術した時に取ったガンの病理検査をして、ステージⅠAだったら追加治療をしなくていいの。だけど、ステージⅠBだったら半年間の抗ガン剤治療をするの」

「それ、いつわかるの？」

「二週間後くらい」

「じゃあ、それまではわからないのね？」

「ええ。だから、なんか落ち着かなくてね」

こういう会話を夫ともしたかったのだ。けれど、彼は一緒に医者の説明を聞いているから、改めて話し合う必要はないと思っているようだった。

「その結果、聞きに行く日、決まってるの？」

「うん、再来週の木曜日」

「私も一緒に行ってあげようか」

「ありがとう」

そう言ってくれるだけで、ありがたい。嬉しい。

「一人で大丈夫だと思うけど、もしかしたらお願いするかも」

「空いてるから、いつでも言ってね」

やっぱり、頼りになるのは友達だと思った。

「でもね、たとえ、抗ガン剤治療になっても、くよくよする必要はないよ。半年だけなんだし、このくらいで見つかって良かったと思わないと」

千さとは慰めるのも上手だ。

「そうだね」

退院したばかりで家の掃除もままならないし、どこか身体も重かった。だけど、彼女と話せて、本当に良かったと思った。

ケーキを食べ終わっても、千さとは席を立たず、なんとなくカップをいじったり、フォークを皿にそろえたりしている。

智子は入院生活のこと……同室の部屋の主(ぬし)のようなおばあさんの話だとか、癖の強い看護師さんの話だとかをおもしろおかしく語っていたが、ふと気がついた。いつもの彼女と違う。

「千さと、なんか話したいこと、あるんじゃない？」

彼女はうつむいて話しにくそうに、また茶器をいじった。彼女にしてはめずらしい動作だった。

「……実はね、離婚しようと思っているの」

あまりにも突然で、息が止まるほど驚いてしまった。

「それ、もう話は進んでるの？」

「うん。結構。ちょうど智子の病気が見つかった頃だったから、話してなかったんだけど」

「千さとと義昭（よしあき）さん、仲良かったじゃない」

元客室乗務員の千さとと、大手航空会社勤務の義昭は社内結婚で、二人とも背が高く、若い頃からお似合いのカップルだった。三十になって将来に悩んでいた千さとに、親友のように仲が良かった同期の彼が「もう俺でいいだろ」とプロポーズしたのだ。当時、話を聞いたときは、ざっくばらんだけど男らしい素敵なプロポーズだと思った。彼らの一人娘、千晶（ちあき）はまだ大学生だ。

「そんな大変な時だったのに、何度も病院に来てもらって、ごめんね」

ここ数ヶ月、智子は病院で受けている、さまざまな治療法や対症療法をぐちぐちと話すだけで、千さとの話はろくに聞かなかった。彼女はただ黙ってうなずいてくれていた。それがどれだけありがたかったか。

「いいの、いいの。私も、智子の話で気が紛れたから。紛れたからっていう言い方はちょっと悪いか」

手術を迷う智子にとって、家族の意見以上に、千さとの「私としては、親友の智子には最新のガン治療を受けてほしい。今、手術をしないことを選んで、のちのち後悔してもらいたくない」という言葉が大きく背中を押したのだった。

「そんなこと、気にしないで」

千さとが語ったのは、あまりにもありふれた離婚理由だった。

「少し前から、義昭に女がいたのに、私、ぜんぜんわからなかったのね」

しかし、ある時、思いがけない理由でそれに気づかされた。

「お昼のテレビで、熟年離婚の特集をしていたのよ。それを観ていたら、夫が離婚を考えている時の特徴っていうのに、義昭が全部当てはまっていたの」

テレビ曰く……

①急に帰宅が遅くなることが続く。

②携帯電話、スマートフォンを風呂場に持ち込む。

③妻の収入や貯金をやたらと聞きたがる。

④パソコンやスマホで、不動産を探している……という四ヶ条だったらしい。
「①はわかるわよね、仕事が忙しくなっただとか、いろいろ理由をつけていても、結局女と会っているってこと。②もそう。女からの連絡がいつ来るかわからないし、見られたくないから。③は離婚を具体的に考えていて、妻にどれくらいお金を渡さないといけないか計算しているから」

番組は深刻なものではなく、スタジオに詰めかけていた一般観覧者たちも皆、笑いながら聞いていたそうだ。

「私も笑って観ていたの。そんなことあるんだなあって」

しかし、途中から、どんどん笑みが消えた。そして、自然にぽろぽろ涙が出てきた。

「だって、③まで全部当てはまっているんだもの。それに、泣いて気がついたの。私、どこかでずっとそれを疑ってたんだって。だけど、心の中に覆いをして隠していたのね、それまで。気づかないふりをしていたの、たぶん」

バカよね、うすうすわかってたの。千さとは恥ずかしそうに笑った。その顔を見て、智子は彼女の手を握った。

「④まで来てたら、もうほとんど復縁は不可能だって。②くらいまでなら、まだ見込みはあるけど」

おそるおそる、夫婦共有のパソコンを開いて、履歴を見た。

果たして、「スーモ」「リバブル」「ホームズ」……彼の会社の近くの駅のあたりの賃貸物件を検索した、不動産会社の履歴がばっちり残っていた。

「そこからはもう一直線よね」

帰宅した夫を問いつめたところ、まるで待ちかまえていたかのように、離婚を切り出したそうだ。

「ほら、彼、一年くらい前に転職したじゃない？」

義昭は、大手航空会社から、新規の格安航空会社に役員待遇で転職したばかりだった。

「だから、帰宅時間とかが変わっても、当然だと自分に言い聞かせていた。でも、そこで、若いスッチー、ほらアルバイトに毛が生えたような契約スッチーとね、知り合ってたらしいの」

自らも客室乗務員だった彼女は、日頃はスッチーなんて言葉は使わない。でも、そう言わざるを得ない心境なのだろう。

「娘の千晶も成人だし、そろそろ、別の生き方を考えないか、とか言っちゃって、もう家を出てしまった。今、弁護士を立てて、話し合いをしている」

「……千さとは……それでいいの？」

「うーん。最初は、私の方が離婚届に判を押さなければ、離婚なんてできないだろうって思ってたのよ。どこか、高をくくってたの。でも、弁護士さんと話してて今はそういう時代でもないんだって」

「え。そうなの？」

「離婚問題に精通した女性弁護士さんにはっきり言われたのよ。男の人は、愛人と奥さんと二人いる関係もいいかなって思う人が多いから、このままずるずると関係を続けて、帰ってくるのを待つこともできないわけじゃない。でも、向こうに離婚の原因があっても別居が長くなれば、離婚が成立する判例が増えてきていますよ、中には数年で離婚が認められた事例もあります、って」

「数年だなんて、あっという間じゃない」

千さとはうなずく。子供たちが大きくなってから、時間が経つのが驚くほど早くなった。

「それを聞いたら、逆になんだか目が覚めたのね。そんな、愛人と妻の間をふらふらしているような男と一緒にいたいかと言ったら、それは違う。私らしくないもの」

お金のこととか、マンションのローンとか、二人で分けなくてはならないものがいろいろあるんだ、相談に乗ってね、と言った時にはちょっと目が潤んでいたけど、千さとはむしろ、いつもより凜々しく見えた。

すべての道はローマに通ず、という有名な言葉があるが、智子は四十五を過ぎた頃、気がついたことがある。

アラフィフになったら、「すべての不調は更年期に通じる」と。

最初の目覚め、いや、気づきは四十五歳の時。今から思うと、まだ若かった。

初夏になると、とにかく汗をかく。夏なのだから当たり前だ、と言われそうだが、朝起きると、顔、首、胸のあたりがぐっしょり。髪など、ちょっとしたスコールにあったみたいになってしまう。

気持ちが悪くて、明け方に目を覚ますこともしばしばだった。

枕元に乾いたTシャツとタオルを置いておいて、すぐに着替えられるようにしている。脱いだパジャマは重たく感じるほどだった。そして、この時、たいていトイレにも行く。

昔から寝付きの悪い智子は、そのまままんじりともせず、眠れない時もあった。昔は、夜、トイレなんかで起きることはなかった。死んだ祖母が、「夜、おしっこで二回は起きるのがつらい」と嘆いているのを聞いても、いま一つ、ぴんとこなかったのに。

そして、寝汗を防止するためには、冷房をつけっぱなしで寝なければならない。しかし、そうすると手足が冷える、むくむ。冷房で部屋をひえひえにして、下半身は布団をかぶって寝る、という、端（はた）から見たら贅沢なことをしなければ耐えられなかった。

真夏だけではない。五月の半ばくらいから十月まで、そんな日がずっと続く。

五十を過ぎた頃、智子は夫とは寝室を別にするようになった。体感温度がまるで合わないし、明け方にごそごそ起き出す智子に彼の方が音を上げたのである。幸い、娘たちが結婚、就職と続けざまに実家から巣立っていったので、部屋は空いていた。

それから、動悸や息切れもひどくなった。夜中に突然、気味が悪いほど心臓がどくどく鳴ることがある。

これは何かの病気に違いないと思って、病院に行ったり、人に聞いたりして、いろいろ調べてみた。最初は甲状腺の病気かと思われた。しかし、内科で検査をしても甲状腺の異常はない、と言われた。

「まあ、年齢のこともありますからね」と若い、ちょっとイケメンの医者に言われて、はっと更年期障害ではないのかと気づいた。婦人科を受診したら、みごとに女性ホルモンの低下が見られる、と言われた。

それからは畳みかけるような、更年期の襲来である。

寝付きが悪い、不眠→更年期

めまい、耳鳴り→更年期

手足の理由のない痒み→更年期

皮膚の乾燥→更年期

智子はいまだ「ガラケー」である。携帯電話ショップの店員や娘たち、姑にまでスマートフォンを勧められても、「これでなんでも間に合うから」と断ってきた。実際、ガラケーでもちゃんといろいろ調べられるのだ。

それでインターネットにアクセスして、自分の不調を入力すると、必ず、さまざまな理由の他に、「更年期」の文字がある。

しまいに、右手の薬指が痛むようになった。曲げると腱がひっぱられるような感覚がある。

まさか、これはさすがに、更年期ではなくて、指の使いすぎか何かだろう、と思った。携帯で調べてみると、「腱鞘炎」「バネ指」などの記述の最後に、「なお、更年期の高齢女性によく現れる症状である」との一文。

なんと。更年期は、指でさえ見逃してくれなかったとは……。

それで、智子は諦めたのである。「すべての不調は更年期に通じる」と。

智子は、バブル期に学生時代の友達とイタリア旅行で買った、ラペルラの下着をタンスの奥にしまっている。

シャンパン色のシルクのそれは、ため息が出るほど細かいレースに縁取られていた。だが、もう変色してしまったし、身につける勇気はもはやない。

体重はそう変わっていないはずだけど、ほとんど矯正力のないそれは、今の智子の「肉」を受け止めきれないだろう。そして今、智子の冷え性の体を支えているのが、十条銀座商店街の「むらさき屋」の保温下着だった。

初めて、あの店の軒先をくぐったのは、五十代になってすぐのことだった。「むらさき屋」が商店街にあるのは昔からよく知っていたものの、足を踏み入れたことはなかった。

テレビ番組で何度も特集された店だった。その激安の秘密は、一流メーカーなどで色やサイズが不揃いになったものを引き取っていること、だそうで、「なるほど」と思ったことはあるものの、覗いてみようとは思わなかった。

いつも大きな段ボール箱を店先に並べていて、「靴下60円」「パンスト99円」などと手書きした値札がついている。その前に近所の老人たちが群がっていて、段ボールに顔をうずめるようにして物色している。

正直、「あれはできないわ」と思っていた。あれをしたら、女は終わりだわ、とも。いずれにしても、智子は靴下をはかなかったし、ストッキングは新宿に出た時、デパートでまとめ買いをするから必要ない。良いものを丁寧に扱った方がずっと節約になるのに、と思っていた。

しかし、数年前、和彦の上司の葬式に参列することになった。三月で、まだ冷える季節だった。吹きさらしの屋外に立つことが予想されたので、デパートに行ったのだが、春が近いせいか、喪服の下に合わせる分厚い黒タイツが見つからなかった。

家に戻る途中、十条銀座商店街で「むらさき屋」が目に入って、ふっと立ち止まってしまった。

「あのお、特別、暖かいタイツないでしょうか。お葬式があって」

おそるおそる、自分よりちょっと年上のお姉さん、といった風情（ふぜい）の店員さんに言いかけたとたん、「ああ、それならいいのがあるのよ。ものすごく暖かいの！」と明るく答えてくれた。

差し出された黒タイツは、デパートなんかでは見つからない「極厚（ごくあつ）」というタイツで「裏起毛」、しかも「二百九十九円」という激安だった。タイツを買うついでに、これまで敬遠していた店の中に入り、家の中ではく分厚い靴下や、裏起毛のババシャツを買った。

極厚黒タイツは、葬式の間中、北風から智子の足を守ってくれた。ずっとほかほかと暖かかったのだ。

それから、智子は「むらさき屋」の大ファンになった。

商店街に買い物に行くと、ついついのぞいてしまう。特に冬の「暖か下着」の充実度はすごい。中年以上の女性客がターゲットだからだろう。

気がつくと、家の中に「むらさき屋」で買った、まだ未使用の下着がぎっしり入った引き出しができた。娘たちにもからかわれるほどだ。

しかし、智子はなんだか、あの店に入ってほっとしたのだ。

それは、自分は「おばさんなんだ」という自覚だった。

老人用の下着を着て、それが心地よくて楽しい。暖か下着を身につけて軽やかに歩く。

バブル時代は男性にちやほやされて、どこかで、いつも「女」でなくてはならない、少なくとも「きれいな」お母さんでなくてはならないことにしばられていた。

それが、おばさんになることができて、なんだかほっとした。

ガンになったのは、その矢先だった。


千さとから離婚についての話を聞いてから、深夜、電話が来るようになった。智子は夫と寝室が別だから、のびのびと学生の頃のように長電話をしてしまう。

「私たち、三十歳の時に結婚したじゃない？　だから、それからの二十五年間に貯めたものを完璧に折半するの。私はほぼ専業主婦だったけど、夫の稼ぎは私のおかげでもある、という考え方なのね」

　話のほとんどは、学生時代と違って、世知辛いお金のことだけど。

「へえ。でも、結婚以前の夫の貯金なんてわかる？　私、ぱっと思い浮かばないわ」

「そうよね。でも、驚いちゃったんだけど、意外に夫がいろいろ覚えているのよ。貯金は三百万くらいあって、結婚式の金は、お祝い金でまかなえた金額以外は、全部俺と俺の親が払ってやっただろ、とか。私がすっかり忘れていることまで言い出して」

千さとはいつも良いものを身につけていて、おしゃれだった。そんな彼女から、細かい金銭問題について聞くのは初めてだった。

「意外。義昭さんてどちらかと言うと、そういうことには豪快で無関心な人だと思ってた」

独身時代、智子、千さとと一緒に三人で食事しても、絶対に払わせなかったことを思い出す。時代の風潮もあるが、女性にお金を使わせないタイプの男だった。

「私だってそうよ。それががらりと変わるんだから、離婚ってすごいわよね」

自嘲気味に笑った千さとの声が気になった。

「この間ね、離婚とお金の関係についての講座に行ってきたの。ほら、テレビに時々出ている黒船スーコさんって人」

「え、そんなのあるの？」

「今はネットで検索したらなんでもあるわよ……そこでね、ざっくりとした数字だけど、私が今後もらえる金額や生活費を計算してもらったの。熟年夫婦の一般的な金額を例に出して説明されたんだけど、当然、離婚しない方が金銭的には楽なのよ」

「まあ、それは、ねえ」

「もしも、このまま結婚状態でいられるなら、年金は国民年金が十三万、厚生年金が十万で、合計月々二十三万円くらいもらえる予定なの。熟年無職夫婦の一ヶ月の平均支出が二十五万たらずだから、たりない分、貯金を取り崩したとしてもそう困ることはないわよね。もちろん、病気も介護も旅行もなかったと仮定してだけど」

「それなら安心ね」

親友の離婚の話を聞きながら、現金なことだが、智子は胸をなで下ろした。自分の家は、今のところ離婚の危機にはない。

「私と彼は同じ歳でしょ。夫が大学を卒業してすぐ就職して、三十三年間働いて、私と結婚してからは二十五年。だから、三十三対二十五で分けるの。つまり、ざっくり計算すると四対三になるの。年金も貯金も退職金も四対三で分ける。年金はずいぶん受取金額が少なくなるらしいわ。国民年金は折半なんだけど、厚生年金は四対三ね。例えば、うちの場合は、国民年金が半額の六万五千円ずつ、厚生年金は、夫が約五万七千円、私が四万三千円。でも、支給されるのは私たちが六十五になってから。さらに、これから五年、義昭が六十になるまでは新しい女が彼を支えることになるから、そこから引かれることになる」

「たった五年で？」

「そう。あとは、義昭が前の会社を中途退職して、新しい会社に入った時もらった退職金やなんかを貯めておいた貯金がだいたい二千万円くらいあるの」

千さとの家は娘が中高一貫の私立だったし、新宿区にマンションを買っている。それでも、二千万とは、さすが航空会社だと智子は思った。

「これもまた、四対三で分けるの。夫が約一千百四十三万円、私が約八百五十七万円。単身家庭では女性の方がお金を使うんだって。この月平均が十五万くらい。私のように、離婚して最初の十年間に年金が出ない計算だと、パートで月七万ずつ稼げたとしても、たりない分は貯金を取り崩していくと、八年後にはほとんど貯金が残っていない計算になるんだって！　私、年金を受け取る前に、貯金はほぼゼロになるのよ」

「え、たった八年？　六十三歳じゃない！」

驚いて、手で口を覆ってしまう。

お金がない。そんな千さとの姿は想像するのもつらかった。そういうこととは一番無縁の人だったのに。

「それから、まだ、今、住んでいる家をどうするかっていう問題もあるでしょ。子供もいるし、たぶん、私たちがそのまま住んで、残りのローンを払っていくことになりそう。夫はこれまで払ってきたローン分を慰謝料としたいって主張してる。家なしになるよりいいかと思ったんだけど、いったいいつまでローンが払えるやら」

言葉も出なかった。

「だけど、どうしてこんなことになっちゃったか、って時々、考えちゃう。なんだか、急にいろいろなことが一気に変わってしまって」

それはそうだろう。智子にはただ、「なんでも相談してよ、話を聞くくらいしかできないけど」と慰めるのが精一杯だった。

電話は、智子も一度ちゃんとお金のこと考えておいた方がいいわよ、とアドバイスされて終わった。

それで翌日、預金通帳を開いて、今あるお金をチェックしてみることにした。

愕然(がくぜん)とした。結構あると思っていた貯金はほとんど底をついていた。

ある日、突然、お金がなくなっている、ということがある。

商売に失敗したわけではないし、ギャンブルにつぎ込んだのでもない。浪費したわけでもなく、詐欺にあったわけでもない。ただ、まっすぐに、生きてきた。それだけで。

長女の真帆が高校を卒業する頃、智子たちには八百万の貯金があった。

結婚当初、義母に、羽仁もと子先生の「家計簿」を手渡され、「特にけちけちしなくてもいいから、使ったお金くらいは書き留めていくといいわよ」とアドバイスされた。

智子の実家は中国地方、父は地方公務員で、祖父母から受け継いだ、大きな家に住んでいた。

そう裕福でもなかったが、家賃のかからない環境でもあったし、ご近所から食べ物をいただくことも多く、「節約」という概念とは無縁の環境だったと思う。

田舎はお金がかからない、というイメージはあると思うが、移動のために自動車は一家に一台どころか二台、三台あるのが普通の土地柄だし、なにより、都会にはない「付き合い」が多くて、意外とお金がかかるのだ。

親戚やご近所で法事があればそれなりに包まなくてはならないし、祭りともなれば神社や町内会にお金を出したり、そろいの浴衣(ゆかた)を作ったりしなければならない。親戚の進学やら結婚やらの際には当然、お祝い金が必要になる。もちろん、智子も同じようにもらってきた。

町内は、なんとなく、お互いの経済状態というのを知っていて、そういう「付き合い」を欠かしたり、食べ物や飲み物、車などをケチったりすると陰口を叩かれることになりかねない雰囲気があった。

決して、節約は美徳でなかった、と思う。

琴子と和彦、当時は存命だった舅(しゅうと)が、智子の実家に挨拶に来た時は、手土産に芋きんつばを持ってきただけだった。確かに、お互い、「贅沢せず、簡素にやりましょう」と話はしていたのだが……これには智子の両親も驚き、智子は「きんつば一つでお嫁に行った」と今でも親戚の語り草になっているほどだ。

結婚後、都会の暮らしに最初はめんくらったものの、東京特有の他人に無関心な感じは、自宅で寝っ転がって手足をぐーっと伸ばしたような解放感があった。実際、実家でそんなことをしていたら、かぎをかけていない玄関から隣人が入ってきて、「昼からなんしよるそ？」と言われかねなかったのだ。

その一方で、義母に家計簿のつけ方を教えてもらって、節約ということを意識するようになった。しかし子供が生まれて一台目の車を買う時に、夫と義母が相談して軽自動車を選んだ時には唖然（あぜん）としてしまった。二台目三台目ならともかく、実家では考えられないことだ。

今は亡き母に「東京の人はぶちケチっちゃ」と電話で愚痴ったのが懐かしい。

それでも、おかげで八百万の貯金があった。けれど今、それは、あらかたなくなっている。

まず、真帆の短大と美帆の四年制大学の授業料などで五百万が消え、真帆の結婚式の時は（娘は自分たちでやるよ、と言ってくれ、決して派手な結婚式ではなかったもの の）両家の顔合わせの食事会やら、真帆のウエディングドレスの追加料金（実際にドレスを見てしまうと、より良いものに目が行き、プラン内では収まらなかった）やら、地方から出てくる親戚へのお車代やらで気がつけば百万くらいをあっさり使ってしまった。

その後、智子の実家の母親、和彦の父親が相次（あいつ）いで亡くなって、その病院代金、葬式代などを兄弟たちと割って払うことになり、言われるがままに支払った。

そして、智子の入院費用である。健康保険が適用になる手術であったが、その前には何軒かの病院を回ったし、検査費は思ったよりも高額だった。

実は、和彦の給料はここ十年あまりほとんど上がってない。勤めている精密機械の中堅メーカーは、リーマンショックの不景気以来ずっと業績不振から脱却できないでいた。これまで何度、アメリカや中国の会社との合併話が持ち上がったかわからない。さらに、和彦は五十を過ぎても課長になることができなかった。今も「次長」という、どのくらい偉いのか、智子にはさっぱりわからない役職のままだ。

さらに……。今後、義母、琴子の介護にどれだけお金がかかるのか。考えただけで頭が痛い。和彦には大阪に住んでいる弟がおり、妻の実家の家業を継いでいる。婿養子ではないけれど、ほとんどそのような扱いだ。智子も冠婚葬祭でしか顔を合わせない。彼らの間でどのような話し合いができているのか、またはされていないのか、本当にわからない。さりとて、夫を差し置いて、智子が口を出すのもはばかられたし、もしも、「じゃあ、智子さん、全部お願いね」と言われたりしたら困るから、見て見ないふりをしているのが現状だった。

指の間からさらさらとこぼれるようにお金が出て行き、気がついたら、百万弱のお金しかない。

千さとの家の貯金二千万など、夢のまた夢だった。

退院してから一週間が経った。

智子はやっと買い物に出られるようになった。自転車に乗るのは一ヶ月くらい「禁止」と医者から言い渡されていたから、ゆっくり歩いて十条銀座商店街まで行く。

「あらあ。退院したの？」

一番に「むらさき屋」に向かうと、いつものお姉さんが笑顔で迎えてくれた。入院前に、前あきのパジャマを何枚か買って話したので、覚えていてくれたらしい。

「しばらく自転車に乗れないんだけど」と言うと、こともなげにうなずいて、すぐに老女が持つような車輪付きのショッピングカートを勧めてくれた。八百九十円だった。

「むらさき屋」はそういう雑貨も店の片隅で扱っているのだ。彼女のように老人相手の商売をしている人は、こちらが必要としているものを察するのが早い。退院祝いに二百円まけてくれるのも忘れなかった。

また、老人に「一歩近づくなあ」と思いながらカートを引いて歩く。

自分の病気、そして、親友の離婚とそれにともなう御厨家の貯金の見直しは、智子の中に大きな変化を与えた。

まず、これから老後を迎えるにあたって、再びお金を貯めなければならないという現実を突きつけられた。そして、少なくとも今のままでは夫と離婚はできないのだ、と思い知らされた。

これまで、そんなことを改めて考えたことはなかった。夫に大きな不満があったわけではなかったから。しかし、夫がまったく家事ができないという現実は、退院した後改めて、自分の人生を顧みさせてくれた。

和彦はそっけない部分はあるものの、冷たい人間ではないと思う。これまで、真面目に働いて、娘たちや智子を養ってくれた。義母はしっかりした女性で、孫である娘たちも懐いている。

けれど、退職後、いったい、自分たちはどういう人生を送るのか、ということを考え始めると、一抹の不安がよぎる。

今と同じように、毎日、毎日、三食作って掃除や洗濯をくり返し、夫と顔を突き合わせて生きていくのか。

考えただけで、小さなため息が出る。

千さとから聞いた熟年離婚後の独身女性の試算はシビアなものだった。あれでは、夫に多少の不満があっても我慢しろ、という現実を突きつけられたようなものだ。

今まで離婚を意識していなかったのに、「絶対に無理」とわかったら、逆におかしな気分になってきた。

夫婦二人でしんとした中、夕飯を食べている時など、むくむくと不満が膨れ上がってくる。

どうして、この人は料理もできないくせに私の作ったものを感謝もなく黙って食べているのか。

土日だって、夫は一日中寝て過ごし、時々、友人と唯一の趣味であるゴルフに行くだけ。いずれにしても、智子は平日と同じように、夫の帰りを待ち、ご飯を作らなくてはならない。

これは夫が退職してからもずっと続くのだろうか。

智子は、商店街の真ん中あたりにあるスーパーで野菜を手に取った。

ついつい、入り口あたりに目玉商品として山盛りになっている安売り野菜に目が行く。キャベツ一玉百円、白菜半分百円、タマネギ一袋百円……そんなものをカゴに入れたら、次は肉売場だ。今日は鶏胸肉が百グラム四十八円だから、普段の五十八円より安い。その四枚入りのジャンボパックを選ぶ。それから、豚のコマ肉百グラム九十八円も二パック。

ここ、十条銀座商店街は、お総菜の店が多くて有名な場所で、何度もテレビ等で紹介されたことがある。チキンボール一個十円、手のひらよりずっと大きなチキンカツ百六十円なんて店もあって、どれもおいしい。

入院前は智子もよく使っていた。夫婦二人で、油ものを作るなんて手間がかかるし、そろそろ手を抜いてもいいのではないか、と思っていた。お総菜を一品買えば、ご飯と味噌汁、ちょっとした小鉢を作れば十分だ。

しかし。

今はできあいのお総菜なんて贅沢はできない。家に帰ると、まず鶏胸肉の下拵えをする。

四枚すべての鶏皮をはがして、うち二枚分は刻んでフードプロセッサーに入れ、挽き肉にする。それを百グラムずつ小分けにして冷凍した。残りはそぎ切りにして、酒とショウガで漬け込む。こうしておくと柔らかく食べられるとテレビで聞いた。これも小分けにして、半分は冷凍庫に入れる。

豚肉も分けて一部は冷凍庫に。キャベツを半分刻んでコールスローサラダにしてタッパーに詰め、冷蔵庫に入れた。

ここまでで、智子はぐったりしてしまう。

食卓の椅子に座って、頬杖をついた。

こんなこと、若いうちは朝飯前だったのだ。

パートから戻る時に夕飯の買い物をして、夕食を作って娘たちに食べさせ、風呂に入れて寝かしつけてから、帰りが遅い夫を待った。

彼女たちが次々と独立して、やっと自分の時間ができると思った。

しかし、この歳になってまた鶏胸肉を挽き肉にすることになるなんて。

智子は、キッチンを見る。まだ、半分残ったキャベツや白菜、タマネギもそのまだ。汚れたフードプロセッサーはシンクの中に転がり、まな板と包丁が置きっぱなしになっている。

身体の奥底からため息が出た。いったい、いつまで私はこんなことをしなくちゃならないのか。

でも仕方ない、貧乏なんだもの。お金がないんだもの。

そうつぶやいたら、涙がころりと出てきた。

実は、昨夜も夕食は鶏胸肉だった。そぎ切りにした胸肉とタマネギで親子どんぶりを作り、味噌汁と、サラダを出した。

「ちょっと、肉が堅いね」

親子どんぶりを食べていた、和彦がつぶやいた。

もともと、食べ物にうるさくない人で、出されたものは黙って食べる夫だった。昨夜も何気なく、悪気なく、思ったままを口にしたのだろう。

しかし、智子はかっとした。

もう少しで、自分の箸を彼に投げつけそうになった。いや、頭の中ではすでにそれをしていた。実際は黙って席を立っただけだったが。

確かに、肉は堅かった。火を通しすぎたのか、切り方が悪かったのか、おいしくなかった。

胸肉が悪いわけじゃない。調理法によっては、もも肉なんかよりずっとおいしいし、ヘルシーだ。前に、英語教室の先生が、「故郷のオーストラリアでは、もも肉より胸肉の方が高いので、日本に来た時は驚きました」と言っていた。

ようは使い方なのだろう。さんざん料理をしてきたベテラン主婦だったはずなのに、今さら情けない。人におせち料理を教えるほどの腕前だったはずなのに、なんだかおかしい。

自分のやり方が悪いのだ、ということはわかっている。

けれど、どうしても、気持ちがついていかない。

あと一週間したら、抗ガン剤治療をするかどうか決まるのだ。それが始まったら、また、何日かは入院しなければならないし、退院できても具合が悪い日々が続くと聞いている。

そうしたら、和彦はどうするつもりなのだろう。

うつうつと考えていると、なんだか、もう治療が決まったような気がしてきた。そのつもりでいた方が、決まった時にショックを受けないだろう。

半年……治療費は保険があるからそうかからないとしても、自炊ができない、家事ができない日々が続いたら、貯金の百万などあっという間に使ってしまいそうだ。

手術をした下腹がまたうずいたような気がした。

「こういう場所って、最近はいつも混んでいるわよね。病院やお医者さんの数ってたりてないのかしら」

千さとが待合室のつけっぱなしのテレビに目をやりながらつぶやいた。

「ごめんね」

手術後の子宮体ガンの検査結果を聞きに来たのだった。二時に予約をしていたのに、二十分過ぎても呼ばれる気配はない。待合室にぎっしり並べられたソファには、二十代から八十代までの女性がところせましと座っている。

「そんなつもりで言ったわけじゃないの。だいたい、無理矢理ついてきたのは私の方だし」

やっぱり一人で検査結果を聞くのはちょっと不安、とメールしたところ、すぐに「一緒に行こうか？」と言ってくれたのだ。もちろん、無理矢理なんかじゃない。

「待っている間もおしゃべりできるじゃない」

「今後、歳とったら、ここで会うのが日課になったりして」

ははは、と力なく笑う。

「……義昭さんのことは？　なんか話は進んだ？」

「お金はすべて半分にしましょうって決めたからね、話はとんとん進むと思ったんだけど」

　二十の娘、千晶の養育費と学費のことでもめているらしい。

「離婚してほしいって頭を下げた時には、そういうことはちゃんとやるからって言ってたのよ、あいつ。ところが今になって、もう二十になった娘に養育費は必要ないだろ、って言い出して」

「え。だって、千晶ちゃん、まだ大学生でしょ？」

「そうなの。学費だけ半分払うから、養育費は払えない、とか言い出したの」

「ひどすぎる」

「別れると決まったら、人間て薄情なものね。たぶん、新しい女にいろいろ吹き込まれているんだと思う。それで、急に惜しくなったんじゃないかしら」

　お金のことは、最後の最後までもめるものなのかもしれない。

「一番困るのはね、義昭がこの状況にどっか慣れてきていること」

「どういう意味？」

「前にも言ったでしょ？　弁護士さんが、男の人は奥さんと愛人の間をうろうろすることがあんまり嫌いじゃないんだって。若い女と、かわいい娘がいる古女房の家庭を、行ったり来たりするのも悪くないな、って思い始めているような気がするの」

「そんな、バカな」

ずいぶん、女を、妻をバカにした話だ、と聞いているだけでむかむかしてきた。

「なんだか、最近、あいつが両方の家をうろうろしながら『俺もつらいんだよ』なんて泣き言言っているのを聞くと、そんな感じじゃないかって思うんだ、私。長年連れ添った男の気持ちくらいわかるわよ。女は嫌じゃない？　そんなの。一度別れるって決めたら、もう気持ちは決まっているけど」

「そうよね」

うなずきながら、どこか、千さとの表情が暗いばかりではない気がした。彼女もまた、そんな夫のことを思い切れないでいるのではないか。

彼女こそ、この状況に慣れてきているのではないか。愚痴を言いながら、どこかほっとしている。

智子は千さとの横顔をそっと盗み見る。

彼女を非難できない。二十五年連れ添った夫婦だもの。

「御厨さん、御厨さーん。三番診察室にお入りください」

年若い看護師が甲高（かんだか）い声で呼んだ。

千さとの目元が急に引き締まった。

「智子、智子よね、今、呼ばれたの」

返事をする代わりに、ぎゅっと彼女の手を握った。

診察室に、二人はまるで、小学生の女子のようにしっかりと手をつないで入った。智子の陰に隠れるようにしている千さとがかなりおびえているのがわかる。

智子がぶっ倒れないように私がちゃんと付き合ってあげるわよ、なんて威勢のいいことを言っていたのに、いざとなると、彼女の方が恐がりなんだな、とおかしくなった。だけども悪い気はしなかった。千さとのおびえは智子のことを心配していることの裏返しでもあったからだ。

当の智子は意外なことに、部屋に入ったとたん、気持ちがすうっと軽くなった。違う。診察室の雰囲気が違う。なんだか明るい。

それは、これまで何度もここに通っている智子だからこそ、気がついたことかもしれない。若い医者も、その脇にいる看護師も、これまでのどこか心配そうな暗い感じがなくなっている。はりつめた空気がない。

「御厨さん、おかけください」

「今日は友人に一緒についてきてもらったんですけど」

「あ、では、お友達もどうぞ」

椅子は二つあったので、そろって座った。

「この間の病理検査の結果なんですけどね」

早速、本題に入るようだ。医師が微笑みながら、カルテを開く。

これだ、と智子は思った。これまで、彼にはほとんど笑みがなかったのに、今日は笑っている。

「おめでとうございます。ステージＩＡでした！」

「え」

彼の表情から、内心、予想できていたこととはいえ、驚きに近い声が漏れてしまった。

「ステージＩＡです。切除したガンは一センチくらいでした」

「智子、よかった……」

千さとがうるんだ声で、絞り出すように言った。

少し振り返って、うんうんとうなずくことしかできない。すぐに顔を戻して、尋ねた。

「……では、抗ガン剤治療は」

「必要ないでしょう」

それから、医者は今後の治療の日程（数ヶ月間は月に一度通い、その後、一年に一度ＣＴスキャンを受ける必要があること）などを話してくれたが、智子はうなずきながらも、どこか心が遠くに飛んでいた。

自分の声なのか、他人の声なのか、頭の中で「ここから、ここから。ここから始まる」という声が聞こえたような気がした。

「なるほど、それで、今日は二人でのご来室、というわけですね」

ちょっと小太りのファイナンシャルプランナー（ＦＰ）、黒船スーコの前に、緊張気味の智子と、千さとは座った。

病理検査の結果を聞いた帰り、二人は御茶ノ水駅前の喫茶店でお茶を飲んで帰った。そこで千さとの話を聞いているうちに、智子も今の自分の気持ちを、「誰かに相談してみる」のもいいかもしれないと思うようになったのだ。

「すみません。河野さんの話を聞いていたら、私もぜひ、先生の話をお聞きしたくなりまして、こちらにご相談したら、先生はグループ相談も受け付けているということで」

「そうなんです。ＦＰの個人相談って、家の貯金残高を残らず報告しなくちゃならないのか、と身構える方も多いのですが、最初は気楽にお友達とわいわい来ていただいた方が、ハードルが低いですよね。ＦＰの中には、個人相談オンリーの人も結構いるんですけど、私は最初はどんな形でもいいと思っているんです。話が深まってくると、一対一がいいと言う方も出てきますし」

黒目をくるっと回して話す黒船は、テレビにもよく出てきて、「８×12は魔法の数字！」と叫んでいる先生とは思えないくらい、気さくで明るい。智子の気持ちもほぐれてきた。

離婚がほぼ決まっている千さととは違い、智子の悩みというか、心のもやもやはうまく形にできないものだった。しかし、貯金がないというのは相談する価値がありそうだ。他にも、漠然とした不安や不満があり、いずれにしろ、一人でくよくよ考えていてもなくならない。

ステージIAとわかった時、ちょっと心が明るくなった。だからこそ、今の不安をきっちりと解決したいという前向きな気持ちになれたのだった。

一時間六千円、二人でそれを折半しても三千円だ。なかなか高額な相談料を払ったところで、すっきりと片づくとは思っていなかった。ただ、自分は前向きにそこまで対処をしたのだ、という証(あかし)が欲しい気持ちもあった。

それだけでも、三千円の使い道として悪くないのではないだろうか。

「では、今日は御厨智子さんのお話からお聞きしましょうか」

「はい。でも、ちゃんと説明できるかわからないんです。うまく伝わらなかったら、ごめんなさい」

智子は話した。千さとのことを聞いてから、改めて家の財政を確認したら、貯金が百万円を切るほど少なくなっていたこと、子宮体ガンの治療は一段落したものの体力に自信がないので若い頃のような節約ができるかどうか不安なこと、娘たちには家庭や仕事があるし将来負担はかけたくないこと、義母の介護にいったいいくらかかるのかもわからないこと……。

「実は、それに加えて、彼女にも話すのは初めてのことなんですが……」

　智子は千さとに向かって軽く目配せし、まだ言っていなかったことを口にした。

「数日前に次女の美帆が家に来てくれたんですが、その時、ちらっと今お付き合いしている人がいる、と話してくれたんです」

「おめでたいことじゃない。それにお母さんにちゃんと話してくれるなんて嬉しいわよね」

　千さとが明るく口を挟んだ。

「ええ。でもね、あの子、そういうことを、あんまり親に相談する方じゃないのよ。これまで話してくれたこと、なかったの。それがわざわざ家に来て言うなんてことは、もしかしたら、結婚を本気で考えているのかもしれない」

「そうすると、その結婚費用がまたかかるんじゃないかと心配されているんですね？」

　さすが、お金の専門家ＦＰ、黒船がすぐに気がついた。

「そうなんです。長女の時もそうだったんですが、自分たちでやると言ってくれても、なんだかんだでお金がかかることですよね？　大切な娘ですもの、気兼ねなく結婚させてやりたい。それに、こういうことは向こうのお宅あってのことですから、もしかしたら、超豪華なお式をしたいというおうちかもしれません。そうなったら、どれだけ援助しなければならないのか……昨夜それを考えていたら、眠れなくなってしまって」

「わかりました」

智子の話を細かくメモを取りながら聞いていた黒船が顔を上げた。

「まず、次女の方のご結婚の件ですが――」

すぐに本題に入るのか。確かにたった一時間、二人で相談するのだから、どんどん答えてもらえるのは助かる。

「ひとまず、脇に置いておきましょう。というのは、これはやっぱり、お母様、智子さんの問題ではなく、お嬢さんの問題です。たとえ、あちらのご両親が豪華なお式を挙げたいとおっしゃっても、それは二人が解決すべきことであって、智子さんが思い悩むようなことではありません。もう大人ですもの、しっかり区別して考えておくべきです。それに、まして や、まだ、お相手の方と会ってもいないのにくよくよしても仕方ありません。それに、智子さんの根本的な問題が解決すれば、この件も自然に解消されるような気がします」

「は……い」

そう簡単に割り切れないから悩むんだわ、と内心、わずかに不満に思いながらも、「あなたの問題ではない」と言い切られて、どこかほっとした思いもあった。

「お義母さんの問題も同様です。私は介護の問題で、貧困の連鎖が起きるようなことはあってはならないと思っているんです。子供は親の介護を行う義務がありますが、それは経済的に余力のある範囲で行えばいいというのが法律の解釈です。本当に介護でお金に困ったら、親世帯を分離して、親世帯が生活保護を受けることもできます。これもまた、智子さんの人生の本筋の問題を解決すれば新しい道が見えてくるはずです」

黒船はそこで、机の上にあったお茶をぐっと一口飲んだ。まるで、ここからが本題だ、というように。

「今の話をお聞きしていまして、ちょっと気になったことがあります。御厨さんのご相談は、家の貯金の件、そのため節約をしたいが体力に自信がない、ということでしたね。でも、その会話の中で、何回かご主人のことに触れられています。主人は家事ができないので、だとか、家のことに無関心なので自分がやらないといけない、だとか」

そうだった。今日は家の財政の問題なので、夫への不満は控えようと思っていたのだ。夫は浪費家でもないし、節約に悪影響を与える存在ではない。しかし、つい漏れてしまったらしい。

「本当は、ご主人にご不満があるんじゃないですか？」

「それはまあ、ありますけど……長年連れ添っていますから、お互い不満は募(つの)ります。それは熟年夫婦なら皆、同じじゃないでしょうか、それに」

智子は、隣の親友千さとの方をちらりと見た。夫のことをあまり話さないのは、離婚が近づいている友人への心遣いもあった。それが伝わったのか、千さとは「いいのよ」とでも言うかのように、軽くうなずいた。

友達の紹介で知り合った、若き日の和彦は無駄なことなど何一つ口にしない真面目な人だった。智子はそこに、昭和ひとけた生まれの父の姿を重ねた。浮ついた時代、ちゃらちゃらした男はもうたくさんだと思った。

そこに幻想を見すぎたのかもしれない。智子が勝手に夢見た、「普段は寡黙だけどいざという時は頼れる」はずの男は、ただどこまでも無口なだけだった。

「彼女の話を聞いていて、とても離婚はできないと思ったんです。退職金や年金を二人で折半できてもやっぱり女は不利です。うちにはろくに貯金がないし」

「確かに私は河野千さとさんの今後の人生の生活設計に関して試算をしました。でも、それは現実を見通して、着実に歩いて行って欲しいという願いを込めて行ったことなのですよ。決して、後ろ向きの人生を歩くためじゃなく」

「でも、そんな離婚だなんて」

「別に、御厨さんに離婚をおすすめしているわけじゃないんです。ただ、経済的な問題で、自分がすべて我慢すればいいんだわ、なんて思って欲しくないんです。経済的なことは考えず、本当のところ自分はどうしたいのか、一度よく考えてみてください」

「はい」

「離婚は人生の終わりじゃない、新しい人生の始まりなんですよ」

　智子は千さとの方を向いた。

「そうね、ごめんね、千さと」

「何言ってるの。私だって、智子の気持ちわかるよ」

　二人が微笑み合ったところで、黒船が言った。

「それでは、具体的な方法に入りましょうか。二人とも、今できることから始めるのがいいと思います」


　買い物から帰ってきた智子は、買ってきたものを冷蔵庫に入れた後、財布を開いた。財布からレシートを取り出し、お札を数え、向きをそろえてまた中に戻した。レシートはじっくり見て、いくら使ったのか確認し、マグネットで冷蔵庫の扉にとめた。

　こうしておくことで、冷蔵庫の中身を忘れることなく使い切れるのだ、と黒船スーコに教えてもらった。

「財布の中身を確認して、レシートを取り出して整理するだけでも、かなりの効果がありますよ。特に智子さんは無理して節約料理を作ったり激安食材を買ったりするよりも、購入したものを無駄なく使い切ること、買いすぎないことを心がけてください。でも、体が疲れた時には、遠慮なくできあいの総菜を使いましょう。何よりも、今は健康が一番大切です」

「本当にいいんでしょうか。それで、大丈夫ですか」

「いいんですよ。お嬢さんも立派に自立されたのでしょう？　そう食費もかからなくなっているはずです。何を買っても外食するより経済的にはましですからね。そのかわり、月末は少し節約しましょうか。最後の週は買い物に行かず、家にある食材、買い置きの食材を一掃（いっそう）するつもりで、使い切ってしまうレシピを考えましょう。大丈夫、一家の台所には一週間分くらいの食材はあるものです。それだけでずいぶんすっきりしますよ」

「なるほど」

退院して帰ってきた日、何もないと思っていても、夕飯一食くらいなら簡単にできたことを思い出す。

「できることから始めたらいいんです。それから、もう一つ。ご主人のことですが、週に何日か、別々に夕食をとる日を決めたらどうでしょう？」

「え？」

「先ほど、智子さんは英語教室に通われているって言ってましたよね。その日の夜だけでも、旦那さんだけでご飯を食べてもらうことにしたらどうですか？　ご主人は自分で作ってもいいし、たまには外食してもいい。夫婦といえどこれからはお互い少し離れてみて、老後をどう過ごすか、考えてみたらどうでしょうか」

それができればどれだけ楽になるかと思った。実は、英語教室の後、他の生徒たちは皆、一緒に食事をして帰っている。けれど、智子は夫の食事の支度があるので、それに参加したことはなかった。

「あの人のせいで、私は我慢している、というような状態はやめるべきです。それはお互いを不幸に追い込むことになりますよ」

隣で、千さとが深くうなずいていたっけ。

今日の夕食は味噌汁とご飯、豆腐に納豆を載せた親子豆腐、メインはレバニラ炒めだった。味噌汁は今朝の残りだし、豆腐や納豆はパックから出すだけだ。メインだけ作ればいい。この一汁二菜(いちじゅうにさい)で、一品はパックから出しただけで済む献立も、黒船先生に教えてもらったものだった。

買い物する時、豆腐や納豆の他に、もずく、めかぶ、卵豆腐、笹かまなど、パッケージを開くだけで食卓に出せるものを買っておく。あとはメインさえ一品考えておけば大丈夫だ。そのメインも、時には十条銀座商店街のおいしいお総菜を買ってしまう。

八時を過ぎた頃、和彦が帰ってきた。

いつもと同じように着替えをし、食卓に着くと同時にテレビのリモコンに手を伸ばした。

「テレビつけるの、待ってくれる？　ちょっと話したいことがあるんだけど」

「何？」

素直に、リモコンから手を離した。男にしてはわりに大きな目を開いて、こちらを見る。その表情にはなんの曇りもない。智子が不満を持ったり、自分に意見をしたりするとはつゆほども思っていない。

考えてみたら、こんなふうに夫と目を合わせて話すのも、久しぶりだな、と気がついた。

「あのね、私、英語教室、木曜日でしょ」

「うん」

本当にそのことを覚えていたとは思えないが、彼は当然のようにうなずく。

「これから木曜日は、夜ご飯は自分でやって欲しいの」

息継ぎをせず、一気に言った。

「自分でやるって、どういう意味？」

「文字通りの意味よ。あなたが自分で作ってもいいし、外食してきてもいい。お義母さんのところで食べてきてもいいわ。木曜の夕食は、私をご飯作りから解放して欲しいの」

「なんで」
和彦は仏頂面で尋ねる。

「英語教室のあと、他の方は皆、先生と一緒にご飯を食べて、いろいろお話をして帰るの。私もずっと参加したかったんだけど、あなたのご飯を作らなければならないから我慢してたの。でも、我慢するの、やめにした」

食卓に並んだ料理の前でおあずけを食らっている夫は、子供のように見えた。

「病気したでしょ。それで思ったの。もう我慢しないで生きたいって。週一回くらい、休ませてくれてもいいじゃない？　だから」

「わかったよ」

素っ気なく話をさえぎると、和彦はもう一度リモコンに手を伸ばしテレビをつけた。

智子は、はあっと息をはいた。

本当はもう一日、週に二日くらい休みたかった。それに、休みたい理由は教室のことだけじゃなくて、料理を含めた家事が年々負担になってきているのだ、ということも話したかった。

「全部、一歩ずつですよ。焦らないで。すべてを一気に変えようと思わないで」

黒船スーコ先生が面談で最後に言った言葉が思い浮かんだ。

そう、一歩ずつだ。週に一度でも一人でご飯を食べれば、和彦が自分で気がついてくれることも、考えてくれることもあるかもしれない。

絶対にだめだ、などと反対されるよりずっといい。

智子は箸を取り上げた。そして、すでに夫が食べ進めている料理と同じものに自分も箸をつけた。レバニラは塩辛く少し喉につっかえたが、強く嚙みしめて飲み込んだ。

第6話　節約家の人々

少し前に、私、ピー子は二年に一度の、大きな選択を迫られる時期を迎えました。

そう！

スマートフォンの二年しばり期間が終わったのです。

この時期のちょっとした選択が今後、二年間の出費、さらに毎日の生活に大きな影響を与えるのは、皆さんも知っての通り。

ちなみに、私の彼氏（美術系大学を卒業後、デザイン会社のインターンを経て就職）は「しばり」なんてものともせず、新しいｉＰｈｏｎｅが発売されるとがんがん買い換え、乗り換えるタイプ。

そのために、買い換え促進プランを新作が出るたび積極的にすすめている、Ｓ社のロングユーザーです。さらに、ｉＰｈｏｎｅでは高価な、Ｐｌｕｓタイプを常に愛用しています。

経済的にそれはどうなのか？　彼との結婚を考えると、そこそこ心配ではあるのですが……。

「日々の生活を考えた時に、一日で一番使う時間が長いのって、結局、スマホじゃない？　何度も見るし、いつも触っている人も多い。おれは本も音楽もほとんど電子やダウンロードだし。たとえ、少し高価でも、三百六十五日で日割り計算して、一日にいくらかって考えたらそう贅沢な買い物とは思わないね。年に何度かしか使わない宝石買うわけじゃないんだから」

なるほど。

そういう考え方もあるか、と思います。

ん？　では、彼は婚約指輪なんていらない、と考えているのかしら？

閑話休題。

彼のこういう考え方は、学生時代に半年ほどオーストラリアに留学した時に、アジア各地を旅した経験も関係しているようです。

「シンガポールのスタバに行ったらさ、まわりの人がどんどんおれに話しかけてくるわけ。Ｗｉ－Ｆｉラインを貸してとか、どこから来たの？　とか。しまいには、ちょっとトイレ行ってくるから荷物見てて、って。初めて会った人間にだよ？　日本じゃないよ、海外でだよ？　まあ、シンガポールは治安が良いし、日本人が信用されているっていうのもあるけど、その時、彼らを観察してて、何がおれにそんなに信用を与えてくれるのかってわかったんだ。結局、新型ｉＰｈｏｎｅとアップルのＰＣなんだよ。昔は、人は足下を見ろとか言って、いい靴履いたり、いい服着たり、ブランドもんのバッグ買ったりしたじゃん。今は違う。お金持ってても、ぼろぼろのスニーカーにＴシャツ、デニムって人間多いじゃん。服装よりもガジェットなんだよ。それが世界の共通語、同じ感覚を持った人間であることのパスポートなんだ」

だそうです。

まあ、彼の経験がすべてではないと思いますが、一理あります。

ピー子もこれまでＤ社でｉＰｈｏｎｅ ５ｓを使ってきました。二年前に買い換えた時はまだそう古い機種という感じではなかったのです。デザインも気に入っていましたし、ほぼ不満はありませんでした。これをこのまま使う、という選択肢も考えました。

しかし、ｉＰｈｏｎｅ ８が発売されるという噂もちらほら聞こえてくる今日この頃、そろそろ、ｉＰｈｏｎｅ ７、少なくともｉＰｈｏｎｅ ６ｓくらいには買い換えてもいいのではないか、という気持ちになってきました。

何よりも、私の背を押したのはＤ社の対応でした。問い合わせをしたところ、機種を替えず、そのまま使っていても、今とそう変わらない通信料だと言われました（たまたまかもしれませんが、その時の電話対応の女性の感じもあまりよくなかった）。

まあ、ロングユーザーに冷たい、というのはここ最近の通信会社の常であります。大手でも新参でも、どんどん会社を替えてくださって結構です、と言わんばかりのプランを推し進めている。

さらに最近では大手以外に、格安スマホ、格安ＳＩＭという選択もあります。

結局のところ、一番安くスマートフォンを使う方法ってなんなんでしょう。どこの通信会社を使うのが一番いいんでしょうか。

そこまで一気に書いて、御厨美帆はふうっと息を吐いた。

最初からじっくり読み返す。

悪くないと思った。

しかし長すぎる。今日の一番のトピックはスマートフォン会社で一番お得な会社はどこかということなのに、その本題に入る前に、すでにだらだらと書いてしまっている。しかも、心がけて行替えしたつもりだったのに、こうして見ると真っ黒なくらい文字がびっちり詰まっている。

翔平（しょうへい）から聞いた話、おもしろいんだけどなあ。

今日のデートで、今夜スマートフォンについての記事をアップする、と言うと自然に、その話題になった。

大学時代から付き合っていた大樹と別れた後、黒船スーコの節約講座で席が隣だった沼田翔平とよく会うようになった。爽やかな細身の、でもイケメンすぎない容姿というのが、美帆の好みとドンピシャだった。彼は赤羽に住んでいて、美帆が実家のある十条に部屋を探したいんだ、と相談したことからぐっと距離が縮まった。物件探しは、デートのよい口実になった。今は自転車で五分ほどの場所に住んでいる。

ただ、翔平は特別、節約に興味があって講座に参加したわけではない。彼はそういう勉強会とか、講座とか朝食会だとかが大好きなのだ。格安で参加できる講座をいつもネットで探していて、時間があればなんでも申し込む。将来は起業も考えているらしい。けれど、節約をしている美帆のこともよく理解してくれて、平日はお互いの家のどちらかで過ごすことも多い。外食するより、ぐっと食費が下がるからだ。

実は、引っ越しの時にも、本気か冗談か「おれの家に来ればいいのに」と言ってくれたのだが、やっぱり結婚前に実家の近くで同棲することにはためらいがあった。

外に出かけなくても翔平は話が豊富で楽しい。ブログの話題もよく提供してくれる。それは読者にも伝わるらしく、コメント欄に「ピー子さんの彼氏さん、おもしろい人ですね～」だとか「彼氏の意見に一票」だとかいう書き込みを時々見つける。

だからこそ、会話の感じをそのまま出したくて、書き始めたのだが……。

これじゃ、本題にたどり着く前に、読者はあきてしまう。

美帆はマウスに手をかけ、カーソルで一気に文章を選択した。「ちなみに、私の彼氏」

から「選択もあります。」というところまでをひと思いにカットした。

ざっくりと文章が削られていく。もったいない、と思ったが、すべてを消してしまうわけではない。カットした部分は保存しておき、別の日にアップしようと思った。

美帆はパソコンに向かった。続きを書き進める。

ここでは、iPhoneにかぎって、どの方法で使うのが一番お得なのかを検証してみようと思います。

いや、私はiPhoneだけがスマホと思っているわけでも、アップル信者なわけでもないですよ。私の姉など、グーグルの少し古いアンドロイドスマホ（Nexus 5）をY社で一ヶ月二千円たらずで使っていますし……（そういう選択もいいと思います）。

ただ、ここでは、iPhoneに特化した方が比較しやすいので、そうしますね。

まず、結論から申し上げましょう！

じゃーん。

iPhoneを最も効率的、かつ、格安に使う方法は、アップルストアに行って新作iPhoneを買い、格安SIMカード（各自、自分が使う月々のギガ数や通話内容に合った会社でできるだけ安いもの）を選んで使う、それだけです。

なあんだ、と思われた方も多いでしょう。

でも、いろいろ計算してみた結果、それが一番効率的で、かつ経済的なようでした。現在、最も新しいｉＰｈｏｎｅの、十六ギガタイプは、税込みで六万六千七百四十四円です。これを二十四ヶ月で割ると月々二千七百八十一円です。それにＳＩＭの使用料が乗ってくるわけです。使い放題のＳＩＭカードが三千円ほどですから、じゃんじゃんＷｉ－Ｆｉを使っても六千円弱になります。私は家にＷｉ－Ｆｉを引いてないので、このコースにしましたが、もっとお安いＳＩＭもたくさんあります。

Ｄ社で新型ｉＰｈｏｎｅを二年間、Ｗｉ－Ｆｉ使用量五ギガで、月八千円で使う（実際にはこれに電話代が乗ってくるのでもう少しかかるかもしれません）のと比べて、二千円以上安くなります。

さらに、二年でなく四年使うことにすると月々の使用料はさらに下がります。このために最新のものを買うわけです。格安スマートフォン会社ですと、今はまだｉＰｈｏｎｅ７を提供している会社はありません。アップルで新作を買う方が、長く使うつもりならやっぱりお得です。

また、格安ＳＩＭカードは最低使用期間が短かったり、なかったりすることが多いのです。数ヶ月や半年、一年、中には一ヶ月で変更するのもＯＫ（事務手数料はかかります）の会社もあります。ですから、条件の良い会社があれば、どんどん乗り換えることもできます。

また、アップルで買った機種なら、海外に行った時、現地で使い捨てのＳＩＭカードを買って入れるだけで使えますよ。……

今は日曜日、いや月曜の深夜一時。明ければ新しい週が始まる。

しかし、美帆は眠らない。

かたかたとパソコンを叩き続けている。

美帆がブログを始めたのは、黒船スーコの講座に行った、その日の夜だ。最初は軽い気持ちだった。

一人で節約していてもなかなか成果は上がらないし、すぐに挫折して無駄遣いをしてしまう。美帆がつい何かを買いたくなるのは残業後の疲れた時が多かった。夜十時まで開いている、ちょっと高級なパン屋のパン。それより遅い時間ならコンビニのスイーツなどについつい手が伸びる。その傾向がわかったのは、手帳に日々の予定と使った金額を書き込むようになってからだ。家計簿を買ってもちゃんと記入できるかどうか不安だと姉に話したら、「手帳にちょっと書き留めておくだけでも違うよ」と勧められた。

だから、ブログを日記代わりに記して多少の読者がつけば、彼らに監視されるような気持ちで節約が続けられそうだとは、前から考えていた。

その矢先、黒船スーコの講座を受けた。黒船先生の熱気に当てられた夜、この気持ちを何かにぶつけたくなったのだ。

黒船スーコ先生の『8×12は魔法の数字』の出版記念講演に行ってきました！

書く内容が最初からはっきりしていたこともあり、一気に書き上げることができた。
「ピーナッツの節約ブログ～一軒家と保護犬を目指して」
内容そのままのブログ名だが、今ではブログ内で、「ピーナッツのピー子」と自称している。

同時に、Twitterに新しいアカウント、「ピーナッツ＠節約ブログやってます」を作って更新をツイートすることにした。

ありがたかったのは、数日後、黒船先生がエゴサーチで探し当ててくれたことだ。彼女は、数万もフォロワーがいる自分のアカウントで、美帆のブログを紹介してくれた。
「数日前に書店で行った、『8×12は魔法の数字』の講座の記事ですが、こちらがよくまとまっています。ピーナッツさん、ありがとう」との言葉を添えて。

おかげでブログ記事のPV（ページビュー）がぐっと増え四桁に到達する幸先良いスタートが切れた。

黒船がツイートしてくれる前日、ブログ三日目にしてすでにネタが尽きそうになった美帆は祖母の言葉を思い出し「三千円の使い方が人生を決める！（かも）」という記事をアップしていた。祖母の言葉を書き、母や姉がどんなティーポットを使っているか、自分はまだこれといったポットに出会えていなくて迷っていることも書いた。講座のレポート記事とともにそちらもよく読まれた。

それから自分の節約だけでなく、時々、家族の節約事情も挟むことにした。他にも、愛犬ピーとの別れについて、保護犬を飼うために一軒家購入を目指して節約を始めたことなどについて率直につづっていくと、「わかります。私も犬を亡くしたので泣きました」などとコメントをつけてくれる人もいて、少しずつだが確実に読者を増やすことができた。

翔平から「ちょっと話があるんだ」と呼び出されたのは、出会ってからほぼ十ヶ月が経ち、美帆の誕生日が近くなった頃だった。

正式に結納（ゆいのう）やら、指輪やらを交わした仲ではないが、お互い、「結婚しようよ」「したいね」と言い合って、なんとなくそれは既定路線のようになっている。

だいたい、彼は付き合い始めた頃から結婚についてカジュアルに口にする人だった。まだ、数回デートをしただけだというのに、理想の家庭像や子供が何人欲しいか、などと普通の会話で話題にしていた。

　前に付き合っていた大樹が、就職したとたん、その手のことをまったく話さなくなったのとは対照的で、美帆には新鮮であり嬉しくもあった。

「どうして、そんなに結婚したいの？」と尋ねると真面目な顔で「早く自分の家庭を作って落ち着きたい」と答えた。

　そんなに家庭が欲しいなんて、よっぽど家庭というものによいイメージを持っているのか、逆に実家に問題があるのかと尋ねてみたこともある。

「うまく言えないな」

「どうして？」

「いや、虐待とか、問題ある家庭とかじゃないんだけど、なんか……」

　そこで、翔平は遠くを見る目になってしばらく考えた。

「……ふわっとしてた」

「ふわ？」

「うーん、なんか、これといって大きな問題はないんだけど、なんとなくゆるふわっとしてて、つかみどころがない家だった。まあ、そういうのも、今となってはって感じで昔はわからなかったんだけどね」

「お父さんやお母さんはどういう方なの？」

「父も母も暴力とか虐待とかするわけじゃないし、普通に優しい人なんだけど、どういう人かって言われるとよくわかんない。今まで真面目なことをちゃんと話したことがほとんどないんだよね。どうも父親は、おれが高校の頃に会社を辞めたらしいんだけど、その辺もはっきりしなくて。美術系大学に行きたいって言っても、特に賛成も反対もされなかった。大丈夫なの？　本当におれ美術系でいいの？　授業料高いよ？　って一度母親に聞いたらへらへら笑って『まあ、そういうマジなのやめようよ』って言われた。母親の口癖なんだよね、マジなのやめようよ、が」

母親が「マジ」という言葉を使うのがちょっと驚きだったが、つまりそういうお友達親子みたいな感じなのかなと思った。美帆の母、智子だってふざけて「マジー！」なんて言うことがあったし。

翔平の実家は十条からさらに東に行った、埼玉との県境の街だった。大学時代まではそこに住んでいて、インターンになってから赤羽で一人暮らしを始めたらしい。

まあ、いきなり「結婚したい」と言われた時、嫌な気持ちにはならなかったのだから、美帆も翔平にかなり好意を持っていたのは間違いない。そして会うたびに、どんどん惹かれていった。

改めて話があるとはどんなことだろう。誕生日に行く店のこととかかな、と思いながら、早朝、十条駅前のファストフード店で待ち合わせする。

出会った時、彼はまだ駆け出しのインターンだったから、二人が会うのは今ほどむずかしくはなかった。今は、平日に会うのはほとんど無理だ。美帆の仕事はフレックスを目一杯使っても、朝十時には出社しなければならないし、彼の方はお昼前に始まって深夜まで残業がある会社だ。平日にどうしても会いたい時には朝食デートをすることが多かった。朝〇〇とか名付けられた、安いセットメニューを食べながら話す。

「週末にしようかと思ったんだけど、こういうことは早い方がいいと思って」

月末で納期が差し迫っている翔平の目は赤くなっていた。

「どうしたの？　ＬＩＮＥじゃ話せないこと？」

「直(じか)に話さないと。大切な話なんだ」

「そんな重要なことってなんなの」

「実は一昨日(おととい)、なんか知らないところから電話がかかってきた」

「知らないところ？」

「奨学金の返済が滞(とどこお)っているって」

「え？　奨学金、借りてたの？」

初耳だった。

「ううん。おれはぜんぜん気がつかなかった。親が勝手に手続きしてたんだ。書類も親が書いていたらしい」

思わず、黙ってしまった。

「親に連絡したら、おれの学費のために借りたって。在学中に多少は返済しておいてくれたらしいんだけど、就職したんだから自分で払いなさいって言われた」

美帆の頭の中に、ふっと疑問がよぎる。

「あれ？　前に、学費と生活費のため、アルバイトしたお金を家に入れてたって言わなかった？　留学も自分でアルバイトして行ったって」

それを聞いた時、なかなかしっかりした人だと感心したのでよく覚えていた。

「してたよ。月五万ずつ入れてた。それは生活費兼住宅費、それに学費で、ぜんぜんたりなかったんだって。ほら、美術系大学は学費が高いから」

翔平の親が言っていることには確かに一理ある。しかし。

「で、いくらなの？　奨学金の総額は」

大げさになりすぎないようにさりげなく聞いたつもりだったけど、自分の声が少しふるえているのを感じた。

「奨学金のほぼ満額、月々十二万借りてたから」

「え……十二万」

「在学中は無利子なんだけど、卒業してからは三％の利子が付くんだって……全額で五百七十六万、利子なしで。でも、少しだけ返済してくれていたから、今は五百五十万。

もちろん、一括返済なんてできないから少しずつ返していくしかない」

息がとまるほど衝撃を覚えた。

「急なことで、ごめん」

何も言えなくなってしまった美帆に、翔平は頭を下げた。その姿を見ていて、少しだけ感情が戻ってくる。

「翔平のせいじゃないし……」

しかしでは誰のせいか、と考えると、どうも納得が行かない。

「それ、翔平が返さなきゃならないのかな」

「ん？」

彼がまっすぐな目をこちらに向けた。

「だって、その書類は翔平が作ったわけじゃないでしょ？　奨学金を借りるということも知らないで背負わされたわけだから」

「まあね。おれもちょっとそういうことも考えたよ」

彼がうなずく。

「知らなかったし、サインも親の字だし。出るとこ出れば、なんとかなるんじゃないかって。だけど、実際、おれが使った金であることは確かなんだよね。念願の美大に入って勉強させてもらった。それはまぎれもない事実。おかげでデザイン事務所にも入れたわけだし」

　まあ、確かにそうだ。しかし、めちゃめちゃ忙しくて薄給らしい。

「だから知らん顔はできないかなって。もしも、親がその借金を残したまま死んだら、どちらにしてもそれはおれが引き継ぐわけだし」

「でも、奨学金が十二万で翔平が月々納めてたのが五万でしょ、十七×十二は年間二百万以上になるよ。美術大学ってそんなに高いの？」

「学費は百五十万くらいだよ。けど、食費や住居費がかかるでしょ」

　親なら、学生の間くらい負担してくれてもいいのではないか。

　しかし、その疑問は口に出せなかった。

「おれも聞いたばっかりで、まだ気持ちの整理がついてないとこあるから、なんとも言えない」

　そうだ、一番驚いているのは翔平だろう。

　ふわふわした親という、前に聞いた話をふっと思い出す。彼の親のことが美帆にはわからない。美帆にとって親は、自分を包み込み守ってくれるものだった。時には怒鳴り合いのケンカもしたし、あまり感情を表さない父親に不満を抱いたこともあった。けれど、こんな不安な気持ちにさせられたことはない。

　虐待があるなら、逆にまだ、ひどい親だと納得できる。でも、こういうのはわからない。

翔平の親の顔を思い浮かべてみた。それは、美帆がこれまで見てきた、友達の親の誰とも似ていなくて、真っ白ののっぺらぼうだった。どうしても顔が思い浮かばない。けれど、その白い顔がにやにやと笑っているのは見えるのだった。

お姉ちゃんに相談してみよう。あの人、利子とか詳しいし。

結局、そう考えている自分に気がついた。

「どうかしらねえ」

母親の智子が眉間(みけん)に濃いしわを作って黙り込んだ。

御厨家の実家のリビングには、美帆、智子、真帆、そして、祖母の琴子が集まっていた。いつもは明るく取りなしてくれる琴子も口を利かない。

数日前、翔平の奨学金について、ことの次第を姉の真帆に電話で話そうとしたとたん「それはまずいって。そういう大きなお金の話は、あたしだけで判断できない」と断られ、親たちに相談することを勧められた。ちょうど義兄の太陽が夜勤でいない金曜の夜、実家で佐帆を連れてご飯を食べることになっていたらしい。父も何か飲み会はあるものの十時前には帰ってくるから、一緒に行かないかと誘われた。

しかし、母、姉、自分というメンバーでお金と恋人について話すのはどこか気が重く、美帆は自分の判断で祖母にも来てもらうことにした。このところちょっと感情的になりやすい母（自分では更年期のせいと言っている）も祖母が抑えてくれるに違いないと考えたのだ。

「具体的に借金をどう返済していくのか決まってるの？」

真帆が取りなすように、でもシビアなことを聞いてきた。

「借金じゃなくて、奨学金」

「同じことじゃない」

「違うと思うけど……借りた協会と話し合って、月々三万くらいずつ返すことになっているんだって」

「くらい、じゃなくて、はっきりいくらか聞いた？」

真帆がバッグからスマートフォンの計算機アプリを開いて迫ってきた。美帆は、翔平から聞いてスマートフォンのメモ帳に記した数字を見直した。

「たぶん、三万五百円くらい」

借りたのが五百五十万として、月々三万五百円、利子三％……ぶつぶつつぶやきながら、電卓をたたいている。

「……二十年、ちょうど二十年で返せる計算なんだわ」

「二十年もかかるの？」

「利子だけで百八十二万六百七十八円よ！　五百五十万って言っても、実際は総額で七百三十二万六百七十八円を返すことになるの」

「二十年間、月三万って大きな数字よ……」

智子が絞り出すような声を上げた。

わかっている。そんなことは、美帆が一番わかっているのだ。

少し前から節約を始め、十条に越してきた。家賃とスマートフォン、生命保険などの固定費を見直し、会社にお弁当を持参して、やっと月四万の貯金に手が届くか届かないかというところまできた。

だから、月々三万の重みは重々わかっている。

母がやっと顔を上げて、きっぱりと言い切った。

「私は結婚には反対」

「え」

多少意見されるかもしれないとは覚悟していたものの、ここまではっきり反対を口にされるとは思わなかった。

美帆はずっと御厨家の優等生だった。高校は学区で一番上位の学校に行ったし、大学も自分で決めた。親に怒られたり、選択を反対されたりしたことはほとんどない。

「どんな方か、会ってないからわからないけど」

じゃあ会ってみてよ、とつぶやくと、母は小さく首を振って続けた。

「きっといい方なんでしょ。美帆が選んだ人だもの。だから別れなさいとは言えないよ、もちろん。だけど、結婚はちょっと待って。もう少しお付き合いしてよく考えて」

婉曲（えんきょく）にだけど、やっぱり強烈な反対だった。

「でも、奨学金を借りたのは彼のせいじゃないんだよ。翔平は知らなかったんだから」

「まあ、今、結論を急ぐことはないんじゃないの？　智子さんが言う通り少し考えるということね？　美帆だって今日明日中に結婚したいというわけじゃないんでしょ？」

祖母がやっと口を挟んだ。

「ちょっと様子を見るということで、うちに連れてきなさいよ。私が会ってみるというのはどう？　その方のお人柄だけでもわかるじゃない」

「お祖母ちゃんが会ってくれたら嬉しい。本当に優しい人だし、頭のいい人だということもわかってくれると思う」

「すみません。お義母さんはご遠慮ください」

めずらしく、母の智子が祖母に反論した。冷たくはないが、きっぱりした声だった。

「智子さん」

「お義母さんが会うことで、二人の関係が私たち家族のお墨付きであるような印象をあちらに与えたくないんです。まだうちでは賛成できないんですから」

智子がここまで祖母にはっきり拒否の意思を告げるのを聞いたことがなかった。美帆は、奨学金五百五十万はそこまで大変なことなのかと改めて認識したような気になった。

「ここまで言うつもりはなかったんですが」

母は一つため息をついた。

「お義母さんにもわかってもらうために言います。私が反対しているのはお金のことだけじゃないんです。美帆が結婚すればあちらのご両親とは親子の関係になります。はっきり言って、お相手のことはともかく、子供に黙って奨学金を満額借りて利子が付くようになってから返済を押しつけるような方々はどうかと思うんです」

「でも、結婚するのは美帆と彼で、親じゃないんだよ」

真帆が口を挟んだ。智子はきっと真帆をにらむ。

「結婚生活は長いのよ。これからどんなことがあるかわからない。相手が良ければ、とか、彼だけが家族というのはきれいごとよ。日本はまだまだそう割り切れない社会なんだから。真帆だって結婚しているんだからわかるでしょ」

「それはね……確かに」

ドアベルが鳴って、父の帰宅を告げた。智子が立ち上がって、玄関に行く。

「昔はそのくらい借金のある結婚もめずらしくなかったけどね」

琴子は玄関の方を振り返りながら、小さくつぶやいた。

「元気出して」

真帆が美帆の背中を叩いた。

「あたしの友達なんて、婚約者の親に一億円の死亡保険をかけられてたんだから」

そんな友達を引っ張り出してきて慰められるほど自分は落ち込んで見えるのか、と美帆は思った。

「その人、どうしたの？」

「婚約者といろいろ話し合ったけど、結局、納得できなくて、婚約破棄した」

だめじゃん。ぜんぜん、慰めにも参考にもならないじゃん。

「ただいま」

父が入ってきて、美帆と目が合った。玄関から居間までの廊下で、母からざっと話は聞いただろうに、父はいつものようにほとんど表情を変えていなかった。

「お帰り」

三人で口々に言う。

母の厳しい表情は変わっていない。

「ちょっと着替えてくるよ」

父はそれだけ言って、そそくさと寝室に入っていった。

「美帆、お父さんにちゃんと話すのよ」

「わかってる」

　母が夕飯を食卓に並べていると、父がスウェットの上下という室内着で再び現れた。食事を始めた父に美帆が早口でことの次第を話す。姉と祖母が居間から息を潜めて見守っていた。

「……お父さんにはなんとも言えないよ」

「え」

　一番に声を上げたのは母の智子だった。

「父さんには反対なんてできない。美帆の好きになった人だろう？　お母さんと話し合いなさい」

　父は食事の手を止めず、淡々と言った。

「あなた、本当に、そういう……」

　母がうなだれる。

「お父さんはいつもそうやって逃げて、いいかっこするのよね！」

「お母さん、お父さんが言うのはそういうことじゃないんじゃないかな」

「私ばっかり、悪役にして。私はお父さんがなんと言おうと反対だからね」

　母は立ち上がると、自分の部屋に入っていってしまった。ドアを荒々しく閉める。父は「あっ」と口を開けたまま、それを見ていた。

お父さん、そんな顔をするなら自分の気持ちをはっきり言えばいいのに。

どこかイラつきながら、今は両親のことにはかまっていられなくて、美帆は祖母と真帆を見た。

「どうしよう」

「やっぱり、お父さんとお母さんとちゃんと話し合いなさい」

祖母の琴子がきっぱりと言った。

「親だもの、心配なのよ。確かに、七百万って大きな額だし」

「五百五十万」

「利子入れたら、七百万以上でしょ」

「そうだけど」

琴子は、息子である、父の方を振り返った。

「あなたもちゃんと智子さんと話さないと」

うん、と父はもうご飯に戻っていた。

美帆が姉の真帆を見ると、肩をすくめるようにした。それは、「私もあんまりかかわりたくない」というようにも、「決めるのは美帆だよ」というようにも見えた。

十条もずいぶんざっくばらんな街だと思うが、翔平が生まれ育った街はさらにそれを上回っていた。

そのことを知らないわけではなかった。このところ、深夜番組などで何度か紹介されたことがあって、美帆も見たことがあったからだ。朝までどころか昼も開いている飲み屋が軒を連ね、駅の裏にはちょっとした歓楽街まである、二十四時間眠らない街として。

一度行ってみたいと思わなかったわけではない。「せんべろ」と呼ばれる、千円でべろべろになれるという安酒場もたくさんあると雑誌で読んだことがある。しかし、婚約者の実家がある街として訪れるのはまた違う。

美帆は少し緊張して駅を降りた。

駅から十分ほど歩いたところの、木造の一軒家に翔平の家族は住んでいた。飲み屋ばかりの商店街を抜けると、一気に木造の家やアパートが建ち並ぶ通りに出る。お兄さんが二人いて、彼は三男だった。家は持ち家でなく、借家らしい。

「加奈子ー、帰ったぞー」

翔平が家の前まで来ると急に大声を上げ、引き戸を叩いた。がしゃんがしゃんと音が響いた。大きな音に、ひやっとする。

「加奈子って誰？」

「母ちゃん、おれの母親」

その答えとほぼ同時にがらりと戸が開いた。

小型犬を抱いた中年女性がこちらを見てにっと笑っていた。

「お帰り」

「ただいま。友達、連れてきたから」

彼女は美帆の方をのぞき込むように見る。

「友達って、彼女でしょう」

ピンク色のニットとデニムを身につけていた。二十代の女性でもおかしくないような服装だが、髪を茶色く染めている加奈子には似合っていた。

「あ、はじめまして。御厨美帆です」

美帆は地面に頭がつくくらい深々とお辞儀をした。

「聞いてます。翔ちゃんから。汚いところですけど、どうぞ」

予想していたより普通で、愛想がいい人だった。ちょっと安心する。

玄関から居間につながる廊下には、古い雑誌や衣装ケースがたくさん積み上がっていた。

「人が来る時くらい、片づけとけよなあ」

翔平が母親の後ろ姿に文句を付ける。

「だって、急なんだもの」

「あ、すみません」

数日前、奨学金について再度話し合っていた時に「どんなご両親なの？」とおそるおそる尋ねると、「じゃあ、実家に来たら」とあっさり誘われた。奨学金についてはまだ戸惑いがあったが、やはり会ってみたいという気持ちの方が先に立った。

「いいの。前から言われてても、うちはいつもこんなんだから」

矛盾することを言って、ははははと笑う。

八畳ほどの居間に大きなソファが二つ、テーブルがひとつ、テレビが二台並んでいた。どれも大きな家具だったので、それだけで部屋はいっぱいだった。一台のテレビで兄（と思われる男性）がテレビゲームをやっており、もう一台では父親がゴルフ中継を観ていた。兄と父親は二人とも太り気味で、よく似ていた。翔平は母親似なのかもしれない。

長男は近所の工務店に勤めていて、いまだに実家に住み、結婚した次男はほとんど家に寄りつかないと聞いていた。

二つのソファに一人ずつ座っており、美帆はその脇に立った。

「ちょっと、二人、どっちかに寄って！　翔平の彼女が座る場所がないじゃないよ」

母親が叫んだ。

父親が素直に立ち上がって、ゲームをしている兄の横に移った。その間、二人はほとんど美帆の方を見なかった。自己紹介をしなければ、せめて名前くらいは言わなければ、と思いながら美帆はどうしてもそのチャンスがつかめなかった。

「適当に座ってよ」

母親の加奈子が勧めてくれたので、美帆は父親が座っていた場所に腰をおろした。まだ温もりが残っていて生暖かく、落ち着かない。

母親が美帆と翔平、自分の分だけのお茶を持ってきた。お礼を言って一口飲んだが、父親たちの前には何も運ばれてこないので、それ以上口を付けられなかった。

何を話すわけでもなく、家族はテレビを観ていた。

「ゴルフ、する？」

「うん」

父親が首を回すようにして、美帆を見た。

急だったので、つい、自分を指さして「私ですか」と言った。

「あ、しません。父はしますけど……」

「ふーん」

そして、また、沈黙になった。

「あの、ゴルフをなさるんですか」

それに耐えられなくなって、美帆は尋ねた。

「俺？」

今度は父親が尋ねた。

「あ、はい」

「しない」

あはははは、と彼は笑った。

「栄太はバイクだよ」

翔平が教えてくれた。

「バイク？」

「栄太はバイクに乗るの」

加奈子が説明した。この家では両親のことは名前で呼ぶのか、とやっとわかった。翔平は普段「父親、母親」と言っていたから気がつかなかった。

「あ、そうですか……バイクはよく乗られるんですか」

「ううん。もう、太っちゃったでしょう。だからあんまりね。疲れるんだって。歳だし。でも、この間、新しいの買っちゃってローンも二百万あんだよ、この人。たいして乗りもしないのに」

そして、なぜか、美帆以外の家族で、あはははは、と笑った。

「そりゃ、やばいだろ」

翔平が笑いながら注意した。

「マジなのやめようよ」

彼に聞いていた通りの口癖を、加奈子が言った。

そのまま、夕飯どきが近づくと、翔平が立ち上がり、「じゃあ、おれら、ご飯食べて帰るから」と言った。

「あ、そう」

引き留められもせず、加奈子だけが玄関まで送ってきた。長男は最後までずっとゲームをしていて、目も合わなかった。

「あのさ」

駅まで歩きながら、美帆はおそるおそる尋ねた。

「なに？」

「あのさ、私、なんか変だったかな」

「え？　何が？」

「私、もしかして、なんか悪いことしちゃったかな」

「へ？」

心底意味がわからない、という顔をしている翔平を見て、それ以上尋ねるのはやめにした。

ああいう家族なのだ、と思った。

お茶を勧められただけで、挨拶も紹介も会話も夕飯もなかったけど、別に美帆を嫌っていたり、悪感情を持っていたりするわけではないらしい。たぶん。借金というものも、あまり気にしない人たちのようだった。

一方で、あの家族を切り捨てられない、邪険にもできない、翔平の気持ちもわかるような気がした。そこまでするほど、悪い人たちじゃない。ただ、大人になりきれていないだけだ。

ああいう家庭だからこそ、翔平の美術の才能も磨かれたのかもしれない。

翔平と駅前の安い居酒屋で飲んで（本当に二人で三千円もしなかった）、十条に帰ってきた。

さあ、私はどうするのか、と帰宅して一人、美帆は考えた。

私はこれからどうするべきなのか。

今日の内容は、何か起こったことを書くとか、思いついたことを書くとかではなくて、むしろ、私が皆さんにお尋ねしたい、相談のような内容です。

皆さんは、自分の婚約者や結婚相手から、驚くようなことを聞かされたらどうしますか？

これからの二人の関係にとって、付き合いや結婚にとって、大きな障害になりそうなこと。

そして、それが彼のせいでなく、親族に原因があるとしたら？

さらに、自分の親にそのことを知られて、強く反対されたら。

彼と結婚してしまったら、このブログの題名で、私の目標である、「一軒家と保護犬」もしばらくは叶えられないかもしれません。そのくらい大変なことです。

皆さんなら、どうしますか。


街絵さんが以前と変わらぬ茶色のかたまり（茶色のカーディガン、茶色のスカートという出で立ち）で阿佐ケ谷（あさがや）駅の前に現れた時、美帆は懐かしさで胸がいっぱいになった。

「久しぶり。美帆さんから会いたいってメールくれるなんて、嬉しい」

街絵さんの方も美帆の手を取らんばかりに喜んでいる。

「わざわざ阿佐ケ谷まで来てもらってごめんね。母の具合が悪くて、家を長く空けられないし、今の家は人に来てもらえるような部屋じゃなくて」

「お母様、お加減よくないんですか？」

「引っ越しがよくなかったのかしらねえ。去年の年末から急に心臓が悪くなったの。でも、大丈夫、家で安静にしていればいいだけだから」

駅前の喫茶店に入ると、街絵さんが話しはじめた。

一週間ほど前のメールで、街絵さんとその母親が、あのお屋敷のような家から引っ越したことを知った。今は駅前の賃貸マンションに住んでいると言う。

「え、じゃあ、あのおうちは……」

「売ったの」

「あ」

「でも、前向きな売却よ」

実はずっと前から実家の土地を売らないか、という話を近所の不動産業者からされていたのだそうだ。

「家をつぶして、跡地には小さめだけどマンションが建つの。私と母はその一室に入ることになっているのよ。今は仮住まい」

街絵さんは少し痩せて、でも、以前より顔色も表情もすっきりしたような気がした。髪型も少し変わったようだ。前髪を分けて額がよく見える。

「母にとっても思い入れのある家で迷ったんだけど、私が会社をやめたのが逆にいいきっかけになったみたい」

街絵さんは口には出さないが、きっとそれなりに大きなお金が入ったのだろう、ということは想像がついた。

「今の仮住まいも駅近で結構気に入っているの。前の家に比べれば格段に狭いけど、暖かいし、お風呂もきれいだし、鍵一つで出かけられるのが本当に楽。母も『街絵、早く移れば良かったわねえ』なんて言うくらい」

「そうなんですか……あの、今、お仕事は」

「ありきたりだけどね、介護の勉強をしているの。やっぱり、母の様子を見ていたら、いつかは必要になることだし、私の年齢で始められることなんて限られているでしょ」

「ありきたりだなんて。立派なお仕事だと思います」

「母がもう少し元気になったら、まずはパートで、施設で働いてみるつもり。それからね、できたら、行政書士の勉強もしようと思っているの。そうすると成年後見人を請け負うことができるんだって。さらにケアマネジャーの資格も取れば仕事には困らないらしいの」

ああ、これか、と美帆は思った。

街絵さんの表情が明るいのは人生の目的、目標を見つけたからだ。ただ、屋移りしたとか、家が高く売れた、とかいうことではなく。

「美帆さんは？　何か、話があるんじゃないの？」

「実は」

美帆はどこから話そうか、少し迷った。

「実は今、付き合っている人がいるんです」

「あら」

「彼は結婚したいって言ってくれているんですけど……」

美帆は翔平の奨学金について説明した。街絵さんはじっと聞いていた。

「確かに、五百五十万はすごい額よね」

街絵さんはしばらく黙り込んだ。

皆、この額を聞くと同じような反応を示すな、と美帆は思った。最初は奨学金くらいならと言っていても、額を聞くと黙ってしまう。

「ただね、私が会社をやめてわかったのは」

街絵さんは顔を上げた。

「人生はいつからでもできることがある、ということ。二十年以上同じ会社にいて、ここをやめたら人生はもう終わりって思ってたけどそうではなかったから」

「なるほど」

「今の時代、絶対なんていう人生はないからね」

「そうでしょうか」

「いつからでも、どこからでも始められるように備えておくことが誰でも必要なんじゃないかな。それは借金があってもなくても同じ」

昔の街絵さんも優しくて良い人だったけど、今は一回り大きくなったようだ、と美帆は思った。

今日は、会社の昔の先輩と会ってきました。

いろいろあって退社し、今は介護の勉強をされています。

同時に行政書士の資格を取ろうと奮闘し、また、将来はケアマネジャーになることも視野に入れてるそうです。

彼女によると、今、なんのスキルがなくても、介護の勉強を始めて施設で働きながら(比較的仕事につきやすいようです)、行政書士、ケアマネの資格まで取れば、一生食いっぱぐれはないのだとか。

話をしていて、私もすごく励まされました。

すべてを失っても、一から始められることってあるんだ、とわかって。

彼の告白からちょっと落ち込んでいたのですが、先輩との話でほんの少し吹っ切れた気がします。

今は会社の仕事が大好きで、充実もしています。一緒に働く人ともなんとかうまくやっています。

でも、このブログもがんばっていきたいです。

だから、今日は私の本心をすべて話したいと思います。

実は、私の彼には五百五十万の借金があることがわかりました。

すべて、奨学金の借金で、彼は知りませんでした。彼のご両親が勝手に契約し、借りていたんです。

結婚したら、これから二十年間、毎月三万以上を振り込むことになります。

それは二人でがんばればできるかもしれません。しかし、本来ならその三万でできていたことを諦めることになるのです。二十年後、私は四十代半ばです。完済できたとしても、私たちはただ0の状態に戻るだけなのです。それを考えると、大好きな人ですが、少し怖くなります。

どうしたらいいのか、正直わかりません。もちろん、結婚したら子供も欲しいし、家も買いたいです。そんなささやかな夢も叶えられない人生になってしまうのでしょうか。

翔平から疲れた声でＬＩＮＥ通話が来たのは、ブログを書いた翌日だった。

「読んだよ」

ビデオ通話ではなくて、声だけだった。そして、しばらくそのまま黙った。

「ごめんね」

何に謝っているのかわからないが、美帆はついそう言ってしまった。

「いや、奨学金の件にはそういう反応が普通だと思うし、自分もショックを受けてたんだから、美帆が不安に思うのは当然だよね」

「うん」

「美帆の正直な気持ちがわかってよかった」

「うん」

「でも、ちょっと悲しかったかな」

ははは、と空元気（からげんき）のような笑い声が聞こえた。

「もしかしたら、美帆はそんなことあんまり気にしないでいてくれるかな、と少し期待もしてたから」

「期待？　どういう意味？」

「いや、一緒に返していこうよ、とか元気に言ってくれるかな、とも思ってた」

「翔平の方こそ、そんなに気にしてないみたいね」

「何を？」

「借金、あ、いや、奨学金」

「気にしてるよ。気にしないわけないじゃん」

「そうかな、そうは見えないけど」

「見えない？」

美帆は言いよどんだ。けど、今、ちゃんと説明しなくちゃ、と思った。

「翔平のご両親とお会いして、今回の奨学金のこと、ぜんぜん話に出なかったよね。私も言い出せなかったけど……もしかしたら翔平がそのことを実家で話してくれて、ご両親がどういうつもりなのか、どういう気持ちなのかを聞かせてもらえるのかなって、私の方こそちょっと期待してたんだけど」

「いや、どうもこうも、ああいう家族だから」

「そうだね、他にバイクの借金もあるって言ってたものね。そういうこと、あんまり気にされないご家族なんだな、っていうのはわかった」

これ以上は、相手の両親について否定的なことは言えなかった。

「だから、これからのことが見えなくなったよ」

「それはまた、これからおいおい話し合っていくつもりだった」

「……どうだろう」

「ん？」

「おいおい話し合えるのかな、こんなこと。誰かが払わなくちゃならないのはわかる。だけど、たぶん、翔平のご両親から私が納得できるような説明がされる可能性は低いと思った」

「それは……確かにむずかしいかも」

「だよね」

自分たちが返していくのだということは、もう翔平に聞かずともわかったことなのだ。

「だから、あとは、そういうことじゃなくて、他人のことを期待するんじゃなくて、私やあなたがこれをどうするか、納得できる方法を考えていくしかない。事態は変わらないのだから、自分を納得させるしかない、たぶん」

そうなのだ。最後は自分なのだ。自分が自分に、自分の人生に、五百五十万の借金を組み込むこと。

「美帆の言うこと、わかるような、わからないような」

「そう?」

「結局、お互い、少し距離を置いて考えてみる必要があるってことかな」

え、と声をあげつつ、それ以上は何も言わなかった。なぜなら内心では同じことを考えていたから。

「ブログ読んで、わかったよ。この問題で美帆に何かを押しつけたり、巻き込んだりはできないって。しばらくおれからは連絡しないよ。美帆が話したくなったらＬＩＮＥでもメールでもいいから声かけて」

いや、そんなことはない、私はあなたのことなら巻き込まれてもいいんだ、と言いたかった。けれど、それもまた自分の今の本心にぴったり合う言葉ではないような気がして、美帆は黙った。

「じゃあね。美帆、体に気をつけて」

翔平の声は優しくて、「あなたも忙しいだろうけど、気をつけて」と答えようとする前に、電話は切れた。


今日のブログには、ちょっとお祖母ちゃんのフネコ（仮名）に登場してもらうことにしました。

そろそろ、敬老の日ですしねー。

前からフネコについては、ちょこちょこ書いていました。

そしたら、読者さんに、「お祖母ちゃん、おもしろいですね」「元気出ます」などなど、コメントいただいたりして。

で、お祖母ちゃんがブログをやっていたら何を書きたい？　って聞いてみたんですよ。

そしたら、いろいろ挙げてくれる話題が意外にキャッチーで。

例えば、「私が七十三歳で仕事を探したわけ」とか「あっという間に、超簡単にぬか床をおいしくする方法」とか「昔、自分の母親から聞いた、二・二六事件の日の話」とか。

今日はその中でも、このブログの読者が興味を持ってくれそうな、そして、お祖母ちゃんが一番得意な園芸について。

題して「百円ガーデニング」です。

『ちょっとおうちにグリーンが欲しいなあ、という方、多いんじゃないかと思います。でも、どこから手をつけていいのかわからない、観葉植物も枯らしちゃった、というような方。

で、自分が一人暮らしの女の子だったらどんな植物を育てたらいいかしら？　と考えてみました。簡単で、きれいで、できたら、家計にとってもお得になるような。

まず、百円ショップに行きましょう。

そこで買える、一番大きなプラスチックの鉢と培養土を買ってください。大きめの方がいいんです。形はどんなものでもかまいません。プランター型でもいいですよ。

そして、買ってきたら、鉢に土を入れます。底に穴が空いていますので、水切り用ネットやみかんのネットを敷きましょう。

それから、スーパーに行きます。万能ネギと三つ葉、お好きだったらパクチーなんかを買ってきてください。これはお好みでいいんです。でも、守って欲しいのは、どれも、根っこがついた野菜を選ぶということです。

私は香味野菜をおすすめしますが、その理由は、薬味ってほんの少しで十分だし、特に一人暮らしや家族の少ない人だと買っても余らせてしまうから。家で育てながら少しずつ使えるととても便利ですヨ。

買ってきたら、根から五センチくらいのところで切ります（切った後の葉っぱの方はちゃんとご飯に使いましょう。使い切れなかったら、刻んで冷凍しておくといいですよ）。

そして、一日二日、水を入れたコップに浸けておいて水揚げし、鉢に植えましょう。スコップなんてなくていいんです。割り箸で土に穴を開けて、そこに差し込む要領で植えてください。

植え方をちょっと工夫しましょうか。鉢の正面を決めて、ネギを奥の方に、手前に三つ葉やパクチーを植える。パクチーより大葉やパセリの方をよく使うという方がいたら、園芸店で苗を買ってきて（これまた百円くらいなものです）寄せ植えにしてもいいでしょう。そうして、少し高さをつけてやると、台所の余りもの香味野菜でも、ちょっとしたグリーンの寄せ植えみたいになりますヨ。

その後は底から流れ出るくらい、たっぷりと水をやりましょう。

一ヶ月ほどで収穫できるようになります。ちょっとずつ切って使うと、また新しい芽が出てきます』

そこに、祖母が作った、香味野菜の寄せ植えの写真を貼った。

なるほど、確かに、その姿は琴子の言う通り、ちょっとしたグリーンに見えた。まっすぐに伸びたネギ、その前に小さく茂る三つ葉とパセリは、なかなかすてきだ。

「こんな話でいいのかしら」

フネコこと、祖母の琴子が心配そうに、美帆のパソコンをのぞき込む。

「こんなの、誰でもやってることでしょう?」

「そうでもないって」

美帆がブログの体裁を整えている間、琴子はあのすてきなティーポットで、薫(かお)り高い紅茶を淹れてくれた。

「お祖母ちゃん、これ、おいしい」

「ダージリンだからね。専門店でほんの少しずつだけ買うの。きちんとティースプーンで計って、高温のお湯を沸かして、ポットに帽子をかぶせるのよ」

ポットの横に、祖母手作りのポットカバーが置いてあった。キルティングの布を縫い合わせてあるので、間に綿がたっぷり入っていてふわふわしている。

「休日といえば翔平さんと会ってたのに、なんか、あったの?」

祖母にはブログのことを前から話してあった。スマートフォンにちゃんとブックマークしてあげたので、時々、読んでくれているみたいだった。

「うーん」

「お金のこと？」

「……奨学金のことを書いたら、結構、反応あったんだよね」

実は、結構どころじゃない、反応があったのだった。

翌々日に、有名なブロガーで著作もある人にツイートされた。

——婚約者の奨学金に悩む女性。がんばってと応援したくなるけど、五百五十万もの借金がきついことは確か。この制度、なんとかならないのか。

そういう一文とともに美帆のブログのリンクが張られた。

それをまた、さまざまなブロガーの人がリツイートしてくれたり、自分の意見を加えて引用リツイートしてくれたりした。ＰＶはさらに増えて五桁に上がり、コメントの数も桁違いに増えた。

しかし、それは決して、好意的な意見ばかりではなかった。

「がんばって」とか「ピー子さんの気持ち、ちょっとわかります。迷いますよね」とかいう言葉の中に、「この人、結婚する資格ないと思う」「そもそも前提が間違っているよね。お金が大切なら、最初からそういう男を探すこと」「こんなこと書かれて、彼氏もかわいそう」「借りた金を返したくないって泥棒と一緒じゃん」などというコメントもいくつかあった。

美帆はかなり落ちこんだし、少し怖くなりさえした。いくつかの言葉は美帆が書いたことを丸っきり曲解していたからだ。

たくさんの人に気持ちを伝えるって、むずかしいことなんだな。

すぐに、「いろいろなご意見、ありがとうございました。私も落ち着いて考えてみます」という記事をアップしたものの、その後、奨学金については書いていない。

それでも、ブログは続けたかった。そう宣言もしていたし。そのために琴子に登場してもらった。

「何?」

「ブログなんかより、大切なことがあるんじゃないの?」

「翔平さんのこと、お母さんたちとはその後話したの?」

「ううん、ただ、翔平の家族とは会った」

琴子に、翔平の実家に行った時のことをすべて説明した。

自分の両親とは違う雰囲気の人たちでかなり驚いたこと、実家には他にも借金がありそうなこと、そもそも借金についての考え方が違うのではないかと思ったこと、けれど、根本は悪い人たちではなさそうなこと……。

「なるほどねえ」

「どう思う? お祖母ちゃん。お祖母ちゃんならどうする?」

「むずかしいねえ」

琴子は言いよどむ。

「前に、そのくらい借金があること、昔はよくあったって言ってたよね」

「まあねえ、だけど、それは物価の違いもあったのよ。昔はある程度、物価が上がる、お給料も上がる時代だったでしょ。だから、がんばって働いていればなんとか返せたし、十年もすればその借金の価値じたいも変わっていった。でも、今はね。最近はちょっと景気がいいけど、またデフレ経済に戻ったら借金は事実上増えるのよ」

「不安にさせることばかり言わないでよ」

琴子は首を振る。

「そんなつもりじゃないのよ。それに、真帆の言うように結婚するのは本人だから、本人さえしっかりしていればいいというのも本当。いい男は希少価値があるし」

「いい男かな、翔平」

「ちゃんと自分の仕事をしていて、暴力を振るわず、賭け事や深酒もしないならそれで十分かもしれない」

そこで祖母は知り合いのフリーター、安生とライターのきなりの話を始めた。二人は最近、一緒に暮らし始めたそうだ。

「安生さんはあんまり稼ぎのない人なんだけど、きなりさんはそれでも彼がいいと思ったんでしょ」

「どこがそんなによかったんだろう」

「きっと子供を作って人生を生きていくためには、お金より彼がいいと思ったんじゃないかね。少なくともきなりさんは」

「……なるほど」

「結局、ようは美帆次第ということじゃないの？　自分の人生の責任をとるのは美帆なんだよ。どんなに親や私ががんばっても美帆の人生を肩代わりすることはできない」

美帆を慰めているようで、怖い言葉だった。


翌月、しばらく連絡のなかった翔平から、一通のメールが来た。

——このたび、ヨーロッパのクラシックデュオ、「フェバリット」のポスターを作らせていただきました。入社以来、ずっと補助的な立場で仕事に関わってきましたが、これが初めての一人の仕事です。ポスターは、来月一日からJR私鉄主要各駅に配布され貼付(ちょうふ)されますが、確実なのはコンサートホールのある、上野、六本木、渋谷などです。もし、ご覧になる機会がありましたら、「これ沼田翔平が作ったんだなー」とちょっと足を止めていただけたら幸いです……。

美帆だけに宛てたメールではなくて、一斉送信メールだった。

数週間、翔平と話していなかった。メールボックスに彼の名前が記されていた時、単純に嬉しく、心が躍った。それが他人と一緒の一斉送信だとわかった時はちょっと落ち込んだけど。

すぐに思いついて、祖母に電話する。

「ね、お祖母ちゃん、前に翔平に会ってもいいって言ってくれたじゃない？　よかったら、デザインしたポスターだけでも見に行ってくれない？」

美帆も彼のポスターを見るのは初めてだった。ただ、卒業制作のグラフィックデザインを見たことがあったので、きっと良いものに仕上がっているだろうという確信があった。

「……誘ってくれて嬉しいけど、美帆ちゃん、それはお母さんたちと行きなさい」

「えー、そんなの行ってくれるわけないよお。翔平のこと、まるっきり拒否しているんだもん」

「そんなことないわよ。かわいい娘のことだもの、知りたいと思っているに決まってるでしょ。もしも、お母さんがどうしてもダメだって言うなら私が行くから」

「だけど」

「親子なんだから」

母に連絡を取るのは、結婚を反対されて以来だった。どこか気まずいので、ショートメールだけで事実を短く伝えた。

——今度、翔平が作ったポスターが駅に張り出されることになります。一日（ついたち）に見に行きたいのですが、一緒に行きませんか。

母からは中一日おいて、諦めかけた頃に返事が来た。

——わかりました。行きます。

美帆の会社帰りに、渋谷で待ち合わせることにした。

その日、朝に出社した時には、十条から新宿の間でポスターを目にすることはなかった。

会社が終わり、待ち合わせ場所に決めた渋谷駅構内のハチ公口の改札に行くと、硬い表情の母の隣にスーツ姿の父も立っていた。通勤用のバッグを持っているところを見ると、会社の帰りらしい。

「お父さんも来てくれたの？」

「話したら、行きたいって」

父の方を見ると、一つうなずいた。

「……大切なことだから」

「え」

「美帆の大切なことだから」

なんと答えていいのかわからなくて黙っていると、母が「じゃあ、探しましょうか」

と言った。

きょろきょろあたりを見回しながらまずJR側の構内を歩く。

「お母さん、歩いて大丈夫？」

二ヶ月前に手術をしたばかりの母を気遣うと、母はやっとかすかに笑みを見せてくれた。

「もう歩くくらいは大丈夫。体内で切ったところが癒着しないように、ある程度、歩いた方がいいみたいなの」

「最近は、休日は二人でウォーキングしているんだよ」

父がぽつりと言った。

「へえ」

二人がそろって歩くことなんて、美帆が同居していた時には考えられないことだった。夫婦だけになって生活が変わったのだろうか。

「お父さん、意外に歩くの好きなのよ。ゴルフとかで鍛えているからすいすい歩けちゃうの」

そう言った母の表情がどこか恥ずかしげだったのは、気のせいだろうか。

JR側をとぼとぼ歩いて、東急百貨店の方まで回ってみたが、それらしいポスターはどこにもなかった。コンサート系のポスターがあると、美帆が走り寄ってチェックし、ゆっくり後から両親が追いかけてくる。

なんだか、子供の頃に戻ったような気がした。

美帆は次女だから、こんなふうに三人で出かけたことはほとんどない。長女の真帆もいつも一緒だった。三人で行ったのは、大学の卒業式くらいだ。

いや、一度だけあった。

小学二年生の運動会の日、真帆がインフルエンザにかかってお休みしたのだ。真帆は祖母の家にあずけられ、両親がそろって運動会に来てくれた。帰り道、美帆と父と母で並んで手をつないで通学路を歩いた。

あの日、姉の病気は心配だったけれど、美帆は両親を独占できてどれだけ嬉しかったかしれない。父と母の間にはさまれて、まさに地に足がつかないほどはしゃいで、何度も転びそうになってしまった。真帆とは仲の良い姉妹だけれど、もっともっと両親の視線が欲しくてたまらなかった。思い出すと子供の頃の自分がいとおしくなる。

そうして考えてみると、いつも家のことは母親まかせだった印象のある父も、意外と行事に参加してくれていたのだな、と思い出した。

「ないみたいね」

ＪＲの構内をくまなく探しても、翔平のポスターらしきものはなかった。

「こうなったら、地下だな」

父が低い声で言った。

「地下鉄か……」

「JRの他のホームとかは十条まで帰る時に見て回ればいいから、地下鉄の方に行こう」

そこはできたら避けたい場所だった。

渋谷の地下鉄がどれだけ広くて階が多くて、入り組んでいるか、日頃、この駅を使っていない美帆も知っている。しかも、六時を過ぎた構内は人であふれている。人混みだけで疲れそうだ。

「でも、お母さん、大丈夫？　まだ歩ける？」

「このくらいなら、ぜんぜん平気」

美帆の心配顔に気を遣ったのか、母が前より少し大きな笑顔を見せてくれた。

「まずは、改札階へ行ってみよう」

父がめずらしく力強く提案してくれた。

「うん」

やっぱり親なんだな。

美帆の前に立って地下鉄の階段に向かう両親の後ろ姿を見て、美帆は、もうポスターのことなんかより、このことだけで十分だ、と思ってしまった。

あんなに反対している翔平のことなのに。一生懸命に探してくれるなんて。

しかし、改札階と売店が並んでいる通路にも翔平のポスターはなかった。

「これは、入場券を買ってホームまで行くしかないかな」

父がつぶやく。

「もう、いいよ。十分だよ。私、別の日に、別の駅とか探してみる。それで見つかったら、また、二人に連絡するから」

「いや、せっかくここまで来たら、気になるじゃないか。最後に地下鉄の構内だけ見ていこう」

父は先に立って、入場券を買いに並んでくれた。

「お父さん、お祖母ちゃんに言われたみたいよ」

二人で並んで待っていると、母がぽつんと言った。

「お祖母ちゃんに？　何を？」

「大切な娘の相手なんだから、もっとちゃんと積極的に関わらないとあとで後悔するよって」

「そうなの？」

「こうやって、家族として、美帆に関わることも、これからどんどん少なくなっていくんだよ、って言われたんだって」

「少なくなるって……」

「もしも、結婚して子供もできたりしたら、美帆の決定や判断に私たちが関わるのも最後かもしれないものね」

母はさびしそうに笑った。

「そんなことないよ」

「さ、行こう」

父が戻ってきて、入場券を配った。

「私、入場券って使うの、初めてかもしれない」

「そう言われたら、私もだわ」

母とやっと顔を見合わせて笑う。

親子なんだから。

祖母の言葉が頭の中にリフレインする。

「まずは一番下の階の副都心線に行ってみよう。そこから少しずつ上がってくればいいから」

長いエレベーターを二つ使ってどんどん地下に潜(もぐ)っていく。

「この路線、使ったことがないけど、本当に深いのね」

先を行く母が美帆と父を振り返り、驚いたように言った。

「副都心線は最後にできた地下鉄だからね。もうホームを作る場所がなかったんだろ」

ホームに降りるとちょうど列車が来たところで、大量の乗客があふれていた。

「ごめんね。私、先に行って探してくるよ。あったら戻ってくるから、二人はゆっくり歩いてきて」

美帆がかけだそうとすると、母が止めた。

「こんなに人がいて走ったら危ないよ。私はいいから歩いて行きましょう。ゆっくりならホームの両側を見られるからその方が効率がいいわよ」

父もその言葉にうなずいている。

「ごめんね。ありがとう」

もう一度謝ってしまった。

それがあったのは、ちょうどホームの真ん中あたりだった。これまでなかなか見つからなかったのが嘘のように、美帆には十メートルほど手前から見てすぐにわかった。何か、翔平の絵を初めて見た時に胸に感じたような、にぶい衝撃があった。

「どうしたの？」

つい早足になっている美帆に気がついて、母が尋ねた。

「たぶん、あれだと思う」

美帆は指さした。

近づいてみると、確かに、翔平がメールに記していた、クラシックデュオだった。

「これなの？」

「うん、間違いないと思う」

三人でまっすぐ前に立って、ポスターに向き合った。

思ったよりもずっと大きなものだった。

一面が黒い、夜空のような背景にごくごく小さな、金の点で絵が描いてある。それは星のようにも見えるし、よく見ると女性の横顔と月のようにも見える。女性の唇だけに小さく紅を差してあって、こちらは夜空に浮かんだハートのようだった。同じ金色でコンサートの場所や時間、デュオの名前が控えめに配置されている。

すごくすてきだ、と思った。一見シンプルだけど、とても凝っている。

「漆器なのかな」

父がつぶやいた。

「え？」

「ただの絵のようだけど、漆器で特別に作ってもらって、それを写真で撮ってアレンジしたんじゃないだろうか」

そう言われると、端の方に空の雲のような筋が入っているが、それは漆器の艶なのかもしれない。

「本当だ。お父さん、よくわかったね」

「確かに、ずいぶん、凝ったものね」

母もうなるように言った。父が美帆の肩に手を置いた。

「今度、家に来てもらって、どうやって作ったのか、彼に聞かせてもらおう」

「え。いいの？」

思わず、母の顔を見た。母はまだ眉間に小さなしわを作って、絵を見つめていた。

「たとえ、お断りするとしても、その方に会ってからにしよう。そうしないと後悔するような気がするよ。そういう作品だよ」

父が言って、母はやっと小さくうなずいた。


「よく気がつきましたね」

次の休日の昼、御厨家にスーツ姿で訪ねてきた翔平は、美帆の父の指摘に驚いた声を上げた。

「そうなんです。あれは元を漆器で作ってもらって、写真に撮ったものをパソコンソフトに取り込んでアレンジしたんです。正直、かなり時間とお金がかかったので、全部ソフトでそれっぽく描いたらいいんじゃないかって先輩や上司に怒られたんですけど、それじゃ深みが出ないってつっぱって」

すごく大変だったんです、と翔平はわかってもらえたのがよほど嬉しかったらしく、身を乗り出した。しかし、ふっとそこが恋人の家の居間だと気がついたようで、恥ずかしげに笑って、母の智子が出してくれたお茶を飲んだ。

「あの……そういう技術というのは、大学で勉強されたの？」

お茶を出し終わった智子が和彦の隣に座りながら尋ねる。本来はあまり歓迎できない相手でも、今日は何より彼のことを知るのが大切だと思っているようだった。

「はい。大学で基本はすべて教えてもらいました。さらに、会社に入ってからこの数ヶ月で学んだことも限りなく多いです。技術も最先端だし先輩のレベルも高いので勉強になります」

美帆の両親が奨学金のことを知って、反対していることは知っているはずなのに、翔平は臆することなくはきはきと答えた。会話を楽しんでいるようにさえ見えた。

「よい会社のようですね」

日頃は口数の少ない父がよく話していた。

「昔、先生に、お金をもらうようになってからじゃないと学べないことがたくさんあるって言われてたんですが、本当にそうですね。うちは厳しいけど、教えることには熱心な会社です。忙しくて薄給だけど、仕事にやりがいがあるのと、人間関係がいいので助かってます」

父は、ほほうというようにうなずいた。

「これも大学の先生からの受け売りなんですけど、会社は給料、仕事内容、人間関係、この三つのどれか一つでも良ければ続けられるけど、全部がダメなら精神が壊れるからやめた方がいいって。うちは、二つはクリアできているからまあいいかなって」

翔平が頭をかきながら笑うと、両親もつられたように笑った。

その横で美帆はいろいろなことを思い出していた。

翔平と付き合い始めた頃、美帆が新宿のショップでワンピースを買った。家に帰ったらその裾の部分が少しほころびていることに気がついた。すぐに店に持って行ったのに、店員はけんもほろろの態度で、返品はできないと言われた。それをケンカしたり怒ったりすることなく上手に交渉して、返品したのが翔平だった。なんだか、すごく頼りがいのある人に思えた。

あれから、会社に入社して言葉遣いや物腰が磨かれ、さらにたくましくなっているように感じた。付き合うようになってからはお互いの家などで会うことが多く、なかなかそれに気がつかなかったけど。

「あのね」

母が父と顔を見合わせてから、翔平に言った。

「このあと、お昼を差し上げたいのだけど、私が少し前に入院したりして、ちょっと体も本調子じゃないものだから」

「あ、美帆さんに聞いてます。そんな時にうかがってすみません」

「いえ、お誘いしたのはこちらだからいいのよ。あのね、それで、お寿司か鰻でも取ろうかって話してたんだけど、翔平さんはどちらがいいかしら？　お寿司と鰻。お魚が好きじゃなければ、他のお好きなものでも、なんでもいいのよ」

翔平は美帆の方を見た。美帆も「遠慮しないで」とうなずいた。

「では……お寿司でいいですか」

「じゃあ、お寿司取るわね」

近所の店から寿司が運ばれてきてからも、会話はとぎれなかった。

翔平が中学や高校でどのような部活をしていたのか、美術を専攻しようと思ったきっかけはなんだったのか、一方で美帆は小さい頃どんな子供だったのか……そんな会話が続いた。

「このお吸い物、お母さんの手作りですよね」

翔平は途中、寿司の脇にあるお椀を手にして言った。

「ああ、そうなの。これだけは作っておいたの」

椀の中でハマグリが口を開いている。結婚相手になるかもしれない男性が初めて家に来た日の、母からのささやかなお祝い、と思えないこともない。

「おいしいです。だしがよく利いていて」

「普段は顆粒のだしなんだけど、今日はお客様が来るからちゃんと昆布で取ったのよ」

「へえ。うちの母親、料理下手だからこんなのお店以外で初めて飲んだな」

翔平が家族のことを持ち出すと同時に、両親の間に小さな緊張が走ったのを、美帆は感じた。

「……美帆に聞いたんだけど」

母が箸を置いて、居住まいを正した。

「あの、奨学金のこと」

「はい」

ほぼすべての寿司を平らげていた翔平も、箸を置いた。よく見ると、母はほとんど寿司に手をつけていなかった。平静を保っているように見えて、本当はかなり緊張しているのだろう。

「お父さんとも話し合ったのね」

両親は目を合わせてうなずいた。

「お母さん、そのことは今じゃなくても」

「いいえ、美帆、それはね」

「いいんです。わかってますから」

翔平が二人をさえぎった。

「いろいろご心配されているのはわかってます。すごい金額なので当然ですし。ただ僕としてはやっぱり、自分の進学のせいでできた借金なので自分で始末をつけないといけないと思っています」

翔平は頭を下げた。

「すみません。もしも、そのことで反対なさるなら仕方ないと思います。でも、今しばらく待っていただけませんか。結婚は、今は無理だとしても付き合いを続けながら返済や他の対処を探っていけたらと思っています」

そこで、翔平はこれまで考えてきたのであろう、自分の計画を話した。

「あれから、ずっと考えていたんです。もっと安いところに引っ越して生活費も切り詰めたら、たくさんお金を返していけるんじゃないかって。会社に相談したら、休日なら副業も許可されているって……だから、別のアルバイトもしながら返済していくつもりです」

両親はまた顔を見合わせた。

「そこまで考えていらっしゃるのね」

「はい。美帆さんに待っていただくのは本当に申し訳ないのですが」

それを聞くと父が言った。

「いいよな、智子」

父が母に何か許しを得るような視線を投げた。

母が小さくうなずく。

「……実は私たちにもちょっと考えがあるんです」

「何？」

美帆は何か恐ろしい話をされるのではないかと、胸が痛くなった。母が美帆の目を見て、小さく首を振る。心配しなくていいのよ、と言うように。

「今回のことがあって、私たちもいろいろ話し合いました。この子の祖母、私の母ですが、にも相談しました。それで、借金の五百五十万のうち、五十万は私たちから美帆への結婚資金として渡す分をそれにあてたらどうか、ということになったのです。そして、残りの五百万は母から借り入れ、協会の方には一括返済する、ということでどうでしょうか。五百万は今後、十年かけて、金利一％で母に返済していく。だいたい月々四万三千八百円になるようです。もちろん、借用書も書いていただきます。それなら、共働きしていけば返済できる金額で、十年なら二人の将来への影響も少しは小さいのではないですか」

「お父さん」

これほど力強く、長く話す父を見たのは久しぶりだった。

「二百万近い利子を払うのが何よりもったいない。十年なら、これから数年で子供ができても一番お金が必要になる前に終えられます」

「子供ができたり、お祖母ちゃんに何かがあったりしたら、またその時、返済額を見直しましょう」

智子が口を挟んだ。

「……そんなこと、どうしてしてくださるんですか」

翔平はあまりに驚いたのか、感謝や謝罪の言葉でなく、そう叫んだ。

「どうして、他人の僕にそこまでしてくださるんですか」

「家族ですから。美帆は大切な家族で、幸せになってもらいたい娘ですから」

母がせき込むように言った。

「正直に言います。そのお金……私たちの五十万も、義母の五百万も小さなお金ではないです。私たちにとってもかなり厳しい、切実なお金です。それをしっかりわかってください。そして、美帆を幸せにしてもらいたいんです」

「お父さん、お母さん、ありがとう」

頭を下げる美帆に、母が言った。

「お祖母ちゃんにお礼を言いなさい。提案してくれたのはお祖母ちゃんなんだから」

「美帆さんから聞いていると思いますが、僕は両親からもそんな愛情を受けたことはありません。だから、これからも、もしかしたら、美帆さんに苦労させてしまうかもしれませんが、その時はどうかよろしく、ご指導ください」

翔平が立ち上がって、深々と頭を下げた。

「ありがとうございます。本当にすみません。このご恩は一生忘れません」

「頼みますよ」

美帆は、自分だけでなく、翔平も泣いているのがわかった。

……そういうわけで、奨学金はひとまず、決着が付きました。

私たちはこれから十年かけて、お金を返していくことになります。きっと長くて、つらい日々でしょうね。時々、やっぱり、まだ怖くなることがあります。

私たちはお祖母ちゃん、つまりフネコの家のできるだけ近くに部屋を借りようとしています。そして、返済の日にはお祖母ちゃんの家に直接出向くつもりです。

でも、お祖母ちゃんは、意外に気にしてません。

「今どき、確実に金利一%つけてくれるところなんてなかなかないからねえ」ですって。どこまでも前向きなお祖母ちゃんです。

私がどうやって自分を納得させたと思いますか。

人生のすべては経験でチャンスで、借金もまた一つの経験であり、チャンスだと思ったのです。

だから、その返済の様子をつぶさにここに書いていくつもりです。

楽しみにしていてください。


人生にはどうにもならないことがたくさんありますよね。

例えば、年齢、病気、性別、時間……。

ある種の借金もその一つなんじゃないかと思うのです。だったら、借金がある私たちが幸せになれないなんてことはおかしくないでしょうか？　そんなふうに考えたらいけないでしょうか。

お金や節約は、人が幸せになるためのもの。それが目的になったらいけない。

これはお祖母ちゃんの言葉ですが、私も今、心からそう思うのです。

解説　「他人(ひと)は他人、自分は自分」と、あなたは心の底から割り切れていますか？

垣谷美雨

この物語を読み終えたとき、そう問い質(ただ)されている気がしました。

格差が広がりつつある今の日本社会で、自分らしく生きるとはどういうことなのか。ともすれば私たちは、他人と自分の暮らしを比べ、劣等(れっとう)感や優越(ゆうえつ)感を抱(いだ)きがちです。そんな私たちに、この本は様々なことを教えてくれます。

読み終えたあと、私はしみじみと自分の来(こ)し方を振り返りました。そして、前々からこういった本が読みたかったのだと気づきました。

というのも、私自身ずっとお金のことを考えて生きてきたからです。頭から消えた瞬間などないといってもいいほどです。スーパーでトマトを買うとき、インターネットでワンピースを買うとき、カフェでソイラテを頼むとき……常に頭の中で、「これは高いか安いか」を思い悩みます。そして、馴染みのない店に入って席に着いてしまったあとで、最も安いメニューが八百円もするコーヒーだと知ったとき、入店したことを激しく後悔(こうかい)します。自分一人ならまだしも、家族四人なら死にたくなります。幼い子供たちを連れて公園に遊びに行った帰りなら、自動販売機で飲み物を買って外のベンチで休憩すれば安く済んだのです。いやそれ以前に水筒を持ってきていれば……嗚呼、なんてことなの、私のバカッ――たぶんこの気持ちは、多くの人々にわかってもらえるのではないかと思います。

これまでの私の人生を振り返ってみても、限られた夫婦の収入の中から頭金を貯めて住宅ローンを組み、子供たちを大学まで出し、そのうえで自分たちの老後の資金を貯めなければならない。そのプレッシャーに押しつぶされそうな日々でした。少しでもコスパの良い消費を目指して試行錯誤を繰り返し、なんとしてでもこの厳しい世の中で生き残っていかなければと、そんなことばかりを考えて暮らしてきたように思います。

そして、この物語の舞台が東京であることもネックです。東京という大都会は、経済格差が大きい街です。お金持ちにとっては文句なしに楽しめる街ですが、そうでない人々は住居費に苦しみ、思う存分楽しむというわけにはいきません。そして、ふとした拍子にお金持ちと自分の境遇を比べてしまい、虚しさに襲われる街でもあります。ですがその反面、無料で楽しめる博物館や美術館や公園や動物園や体験型施設など、数え切れないほどのスポットがあるので、堅実な人々は情報を集め、工夫を重ねて余暇を謳歌するという選択ができる街でもあるのです。

この物語は、全ての世代の人の心に響く構成になっています。会社員の美帆（二十四歳）には、恋人が抱える多額の奨学金と、金銭感覚がズレている彼の両親の問題が浮上します。美帆の姉である真帆（二十九歳）は、子育て中の専業主婦で自分の生活に満足して楽しく日々を送っていました。ですが、友人との再会で「私ももっとお金持ちの男性と結婚した方がよかったのではないか」という考えが突如として湧いてきて、その心のざわめきに戸惑います。そして彼女らの母親である智子（五十五歳）に起こる熟年離婚の問題。そのうえ祖母の琴子（七十三歳）は老後の金銭的不安に立ち向かいます。このように、四人の女性それぞれの現実的な金銭感覚をもとに物語が展開していくのです。

物語に出てくる様々な出来事は「あるある感」が満載です。この先どうするつもりなのだろう、私ならどうするだろうと先が気になり、ページをめくる手が止まりませんでした。このような「あるある感」が満載の物語は、読む側にとって「自分ごと」として深くストーリーに入り込むことができるので、自身の普段の行動や考え方を見つめ直すチャンスにつながります。

実は、私の小説を読んでくださった人々の多くが、「あるある感」が満載だと言います。私はそれを聞くたびに、「よくあることを書いているだけだから誰にでも書ける」と批判されている気がして、これまではあまりいい気分ではありませんでした。ですが、私はこの物語を読んだとき、この著者はすごい人だな、普段よく目にする市井の人々のちょっとした行動や言動から、その人の気持ちや性格まで鋭く読み取っている。そして、それを見逃さずに文章で表現できる。なんてすごい才能の持ち主だろうと感じ入ってしまったのです。

そのとき私は、「あるある」を書くことがいかに難しいことであるかに初めて気づきました。私の心の中で、「誰にでも書けること」が「高度なこと」に変わった瞬間でした。そしてその能力は、訓練や努力では得られない、生まれついての、いわば「知覚過敏さん」(本当はカッコつけて「繊細さん」と言いたいところですが)だけが成し得ることではないかと、新たな発見をしたのです。

四人の女性の中で、最も私に強い印象を残したのは、子育て中の専業主婦である真帆(二十九歳)でした。真帆は、初恋の相手と二十三歳のときに結婚しました。高校時代から交際していた彼は消防士となり、安い賃貸アパート暮らしも何のその、子供も生まれて幸せに暮らしていました。そんなある日、学生時代からの仲良しグループの一人が婚約し、そのお祝いをしようと、女ばかりでレストランに集まります。そこで、友人の薬指に光る大粒のダイヤの指輪を目にします。そのうえ友人は、お相手の親にタワーマンションを買ってもらったと知り、真帆は複雑な気持ちになります。問題はそのあとでのです。

す。独身である友人たちは、「今だから言うけど」といった雰囲気の中で、口々に言う

——真帆が就職してすぐに結婚してあっさり仕事をやめたのには、びっくりした。

——あたしだったら、たぶん、もっといい人がいるんじゃないかな、って考えちゃう。

まるで、「あの安月給の旦那で、よく仕事やめられたね」と言われているようで、自分が今までそんな風に見られていたのかとショックを受けるのです。

学生時代は仲が良くても、そのうち未婚か既婚か、子供がいるかいないかなどで境遇が異なってくると、自然と話が嚙み合わなくなってくるものです。だったら全員が「既婚・子持ち」の身になったら話が合うのかというと、そんなことはありません。経済力の差によって暮らし方が違うので、関心ある話題も悩みも異なってきます。

私自身、子供たちが巣立ち、やっと自由の身になれたと肩の荷を下ろした頃、同じように身軽になったかつての同級生などから「旅行しようよ」と、頻繁に誘われた時期がありました。ですが、計画のほとんどは頓挫しました。たまたまかもしれませんが、私の友人たちは経済格差がとても大きいのです。例えば、都内にある高級住宅地の大地主の一人息子と結婚したリッチな女性もいれば、いわゆるダメンズと結婚して老後が不安といった女性たちもいて、振れ幅が大きすぎるのです。

そもそも大金持ちの友人は、普段の服装からして違います。

——あら、そのジャケット、素敵ね。

そんなちょっとした言葉を、私は素直に口に出すことができません。あまりに自分の服とのレベルが違いすぎて、気づけば彼女のジャケットを穴の開くほど呆然と見つめてしまっています。

そして、旅行の計画を話し合えば合うほど、人間関係がこじれていき、精神的にダメージを受けました。乗り物のクラスやホテルの等級や航空会社などへのこだわりが各人にあり、どれくらいの旅行費用なら高く感じるか、それとも安く感じるのかといった感覚の差も大きくて、妥協点が見つかりませんでした。

学生時代は腹を割って何でも話せた親友であったはずなのに、お金の話となると互いにオブラートに包む言い方しかできず、結局はどうしても折り合わず、旅行を諦めざるを得ませんでした。海外旅行の場合は、行き先の好みは千差万別だし、各人の事情によって家を空けられる日数も様々です。費用も高いですから、都合が合わないのは仕方ないと思えますが、国内旅行でもダメだったのです。

お金を持っている方が、持っていない方の金銭レベルに合わせればいいと考える人もいるかもしれません。ですが、それだってそう簡単ではないのです。

私自身にも国内旅行に対するこだわりが幾つかあります。一つ目は、いくら仲が良い間柄でもホテルの部屋は別々にしてほしいこと。高級な温泉宿よりホテルの方が好きなのですが、できれば築浅で清潔感があること。そして、体力に自信がないので、空港のある地域への旅行なら列車ではなく飛行機で行きたいこと。この三点です。ですが……。

――寝るだけなんだから、私はカプセルでもいいけど。

――ツインに二人で泊まれば安く済むのに、どうして別々にするのよ。せっかくの旅行なのに夜通しおしゃべりができないなんて、おかしいよ。

そんなこと言われたって、私は一人になれないと疲れが取れないタチなので、絶対に一人部屋の条件は譲れません。それと、宿泊施設の清潔感に対するこだわりは、それが年齢のせいなのか、それとも時代のせいなのかはわかりませんが、もしかしたら潔癖症かもしれないという自覚もあり、そのことは自分でもどうやっても修正できないのです。

そういった経験から、友人たちとの付き合いは、互いの家に招いてケーキとコーヒーで何時間もおしゃべりしたり、レストランでランチするくらいがちょうどいい、それが互いのプライバシーを尊重した大人の付き合い方ではないかと（寂しい気もするけれど）思うようになったのでした。旅行会社の「おひとり様ツアー」が流行るはずです。

四十代より五十代、五十代より六十代と、歳を重ねるほどに家計経済は格差が開いていきます。ますます友人との妥協点は見つからなくなります。大金持ちの友人は、マンションの家賃収入や株の配当金など、不労所得が貯まる一方です。その一方、ダメンズと結婚した友人たちは、家計の深刻度を増していくように見えます。六十歳を境に再就職はパートでも難しくなり、稼ぐ手段が極端に狭まるのです。ですが、この物語に出てくる祖母の琴子（七十三歳）は、果敢に挑戦し、現実的な方法を見つけていきます。

私や友人たちが結婚したのは一九八〇年代で、結婚のきっかけは私が知る限り、全員が「好きだから結婚した」という、なんとも純粋（単純で世間知らずとも言えるが）な気持ちだけだったように思います。真帆と同じように二十代前半のときで、いま振り返ってみると、みんな本当に子供でした。

その純粋な気持ちに暗雲が立ち込めるようになるのは、子供に教育費がかかるようになったときです。例えば、向かいの奥さんは専業主婦なのに、ダンナの稼ぎだけで息子を私立の小学校に通わせていると知ってしまったときです。そして自分と同レベルの暮らしだと信じていた専業主婦のママ友が、「将来のために娘をインターナショナルスクールに入学させるの」と、控えめな声で打ち明けてくれたときです。

それをきっかけに、体の底から爆発しそうな何かが芽生えるのです。自分自身は惨めな思いをしたってかまわない。なんなら毎日、豚コマとモヤシを炒めたので十分。洋服だってユニクロかしまむらか、なんならメルカリで上等だ。もちろんダンナにも贅沢はさせない。だけど、絶対に絶対に息子と娘だけには不憫な思いをさせたくない。それなのに……。

きっとインターナショナルスクールに行けば、英語ペラペラになって、それだけでも明るい将来が見えるだろう。大学付属の小学校で大学までエスカレーター式なら、受験勉強に追い立てられることもないから、ゆったりした気持ちで天職を見つけられるんじゃないか、などと抑えきれない焦りを感じます。初めて「親としてのつらさ」を経験し、心に突き刺さります。

この物語には、こういった真帆の将来までは描かれてはいませんが、きっとこんな気持ちになるだろうと私は想像しました。だって、「他人は他人、自分は自分」なんてことは誰だって耳にタコなのです。それでも心の粟立ち(あわだち)を抑え込めないのが人間なのです。よその家庭の裕福さの要因が、奥さん自身が開業医だったり、ブティックを経営していて朝から晩まで働き通しだったりといった場合なら、嫉妬心は芽生えず、それどころか尊敬してしまうくらいですが、「ダンナの稼ぎ」となると話は別です。

この奥さん、全然美人じゃないしスタイルもよくないし、いったいどうやってエリートのダンナを捕まえたんだろうなどと、これまでの自分の信条——女を外見だけで判断する男性たちへの怒り、男女は平等であるべき——などをすっかり忘れて、封建的なオヤジのような目で妻たちを品定めしてしまっています。

他人と自分を比べて落ち込む……そのたびに、例の「他人は他人、自分は自分」と呪文を唱えて落ち込みから脱するしか方法はありません。

　そして、歳をとってからも、ことあるごとに子育てを思い出し、あのときアレをしてやれなかった、コレをしてやれなかった……そういった、つらい思いが死ぬまで去来します。それは、私の知る限りほとんどの母親に共通することです。しかし、それ自体も人生の醍醐(だいご)味だった、酸(す)いも甘いも噛(か)み分けた人生だったと捉え直すことで、前向きになるしかありません。

　だからといって、タイムマシンに乗って過去に戻れたならば、御曹司を物色して結婚するのかといえば、そうもいかないのです。モテ女か非モテ女かの違いだけではありません。たとえ自分がモテ女だったとしても、好きでもない男に手を握られることを想像しただけでもゾッとするのに、いくら金持ちだとか医者だとか御曹司だとか言われたって、好きでもない男と結婚するのは土台無理なのです。好きな男性でなければ本能的な何かが拒絶します。

　ですから、好きになった人がたまたま金持ちでエリートで、しかも「なぜか彼の方が私に夢中だったのよ」などという確率の低いラッキーな巡りあわせを願うしかありません。

　とはいうものの、エリートとは正反対の、人生のレールから外れた将来性のない貧乏男が魅力的に見えるのも事実です。この物語にも野性味溢(あふ)れたモテ男が登場します。女性から見てどういった男性が魅力的か、そのことが的確に描かれています。こんな男と結婚したら、将来の苦労が目に見えるといった危険な匂いぷんぷんの男です。ですが、どうにも惹かれてしまう。ダメンズと結婚する女性を、とてもじゃないが非難できません。

この物語を読むと、どう生きたって楽な人生などありえないが、それでも人生は捨てたものではないと思えてきます。そして、登場人物すべてが愛おしくなります。みんな真面目に一生懸命生きているからです。そして聡明です。

世間に惑わされないというのは、とても難しいことなのかもしれません。確固たる信条を持って、誰の影響も受けないという人は滅多にいないでしょう。でもそれでいいのだと思います。途中で何度も立ち止まり、「他人は他人、自分は自分」と自分に言い聞かせることで、理不尽から来るやるせなさや嫉妬を呑み込んで、翌朝には本来の自分に立ち戻る――それを繰り返して人は生きていくのだと思います。

お金の使い方には、その人の生き方がギュッと詰まっています。財布に入っている三千円をどう使うべきか、その追求は、幸福の追求と同義であることが骨身に染みます。

この本は死ぬまで本棚の片隅に置いておき、自分を見失うたびに再び手に取る。そういった価値のある本です。

（かきや・みう　作家）

『三千円の使いかた』二〇一八年四月　中央公論新社

中公文庫

三千円(さんぜんえん)の使(つか)いかた

2021年8月25日　初版発行
2024年7月20日　25刷発行

著　者　原田(はらだ)ひ香(か)

発行者　安部順一

発行所　中央公論新社
〒100-8152　東京都千代田区大手町1-7-1
電話　販売 03-5299-1730　編集 03-5299-1890
URL https://www.chuko.co.jp/

DTP　ハンズ・ミケ
印　刷　大日本印刷
製　本　大日本印刷

©2021 Hika HARADA
Published by CHUOKORON-SHINSHA, INC.
Printed in Japan　ISBN978-4-12-207100-1 C1193

定価はカバーに表示してあります。落丁本・乱丁本はお手数ですが小社販売部宛お送り下さい。送料小社負担にてお取り替えいたします。

●本書の無断複製(コピー)は著作権法上での例外を除き禁じられています。また、代行業者等に依頼してスキャンやデジタル化を行うことは、たとえ個人や家庭内の利用を目的とする場合でも著作権法違反です。

各書目の下段の数字はＩＳＢＮコードです。978－4－12が省略してあります。

中公文庫既刊より

か-86-1
老後の資金がありません　垣谷　美雨
老後は安泰のはずだったのに！　家族の結婚、葬儀、失職……ふりかかる金難に篤子の奮闘は報われるのか？　〝フツーの主婦〟が頑張る家計応援小説。
206557-4

か-86-2
夫の墓には入りません　垣谷　美雨
ある晩、夫が急死。これで〝嫁卒業〟と思いきや、介護・墓問題・夫の愛人に悩まされる日々が始まった。救世主は姻族関係終了届⁉　心励ます人生逆転小説。
206687-8

て-11-2
わたしの良い子　寺地はるな
出奔した妹の子ども・朔と暮らすことになった椿。決して《育てやすく》はない朔を、いつしか他の子どもと比べていることに気づき――。〈解説〉村中直人
207262-6

は-75-1
大人になったら、　畑野　智美
三十五歳の誕生日を迎えたメイ。カフェで働く日々はそれなりに充実しているが……。久しぶりの恋に戸惑う、大人になりきれない私たちの恋愛小説。〈解説〉渡辺雄介
207171-1

は-76-1
会社員、夢を追う　はらだみずき
仕入部に配属された銀栄紙商事の新入社員・神井航樹。仲間たちと品薄な用紙の確保に奔走しつつ、航樹はある夢をとりもどそうとしていた。〈解説〉狩野大樹
207220-6

ま-51-2
女が死ぬ　松田　青子
「女らしさ」が、全部だるい。天使、小悪魔、お人形……〝あなたの好きな少女〟を演じる暇はない。シャーリイ・ジャクスン賞候補作を含む五十三の掌篇集。
207070-7

あ-98-1
ここだけのお金の使いかた　大崎　梢／図子　慧／永嶋恵美／新津きよみ／原田ひ香／福田和代／松村比呂美
給料は安いし、貯金も少ない。ムダなお金は一円だって払えません！　七名の人気作家が「お金」にまつわる悲喜こもごもを描く、書き下ろし短篇アンソロジー。
207291-6